Dama de espadas
Mariana Figueiredo

cachalote

Dama de Espadas
Mariana Figueiredo

*THAT crazed girl improvising her music.
Her poetry, dancing upon the shore,*

*Her soul in division from itself
Climbing, falling
She knew not where,
Hiding amid the cargo of a steamship,
Her knee-cap broken, that girl I declare
A beautiful lofty thing, or a thing
Heroically lost, heroically found.*

*No matter what disaster occurred
She stood in desperate music wound,
Wound, wound, and she made in her triumph
Where the bales and the baskets lay
No common intelligible sound
But sang, 'O sea-starved, hungry sea*

William Butler Yeats, "A Crazed Girl"

1

Nos últimos dias eu descobri, meio que por acaso, que Paris tem a metade do tamanho de Recife, porém com o dobro de habitantes. Tudo aqui é pequeno, a despeito da exuberância de seus monumentos. Meu apartamento é um vão de quinze metros quadrados; a cozinha do restaurante em que trabalho é um cubículo: não sei como ainda não me mandaram para rua, depois de quebrar tantos copos a cada vez que recolho a louça suja das mesas. O metrô vive lotado, os museus sempre cheios de turistas. Infelizmente só posso ir aos museus nos dias gratuitos, sempre os mais cheios. Vivo com essa sensação de sufocamento, de estar me afogando em um mar de gente, gente demais se movimentando de um lado para o outro, amontoados em uma cidade que diminui à medida que sua população aumenta. Recife tem todos os problemas do mundo, mas pelo menos tem uma densidade demográfica decente. Não que eu não goste de Paris, é uma boa cidade para visitar. No dia a dia é um inferno.

Mas não comecei a escrever esta carta para ficar reclamando da cidade. Decidi escrever para registrar a verdade sobre todos os eventos que me trouxeram até aqui novamente, porque sinto que corro perigo, e você é a única pessoa que me conhece nesta cidade gigante e tão pequena. Tenho medo de cruzar contigo na rua mas, ao mesmo tempo, você é o único a quem eu confiaria esta carta-testamento, caso o pior aconteça. Além do mais, ainda sei de cor o teu endereço.

Apesar de estar dissolvida no meio de uma cidade hiperpopulosa, eu sei que as pessoas que me querem mal são perfeitamente capazes de me encontrar porque dispõem dos recursos humanos e financeiros para isso. Voltar para a França não foi uma decisão minha, nunca planejei isso, apesar de você ter me apresentado — cada canto de Paris e de L... e cada um deles me trazer uma lembrança feliz. Eu precisei fugir para cá. Me esconder. Eu estava muito bem no Brasil, trabalhava em uma editora, escrevia, traduzia. Não ganhava muito, mas tinha o suficiente para viver bem. Até que fiz algumas escolhas erradas. Ou pelo menos essa foi a culpa que eu mesma decidi carregar, mesmo sabendo que não somos responsáveis pelo que os outros fazem conosco. Eu já deveria estar convencida de que não tenho culpa de nada, apesar de ter ignorado os sinais que recebi no caminho. E não deixei de te culpar também, afinal, se nossos planos tivessem sido cumpridos, nada disso teria acontecido. Poderíamos estar felizes, ou eu poderia ao menos estar mais inteira, menos machucada. E agora estou aqui na nenhum pouco glamourosa Paris, encostada em um sofá-cama desconfortável, escrevendo à mão e sendo obrigada a usar fones de ouvido o dia inteiro porque as paredes do apartamento são finas. A maior parte dos apartamentos antigos foi dividida para dar conta da quantidade de gente que deseja desesperadamente vir morar nessa cidade, e para dar mais lucro aos proprietários, claro. E me incomoda porque gosto de espaço e silêncio; sem contar o preço do aluguel, e eu só consigo pagar porque ainda faço umas traduções para a editora em que eu trabalhava, usando um codinome, claro. Assino como Sofia Lourenço, minha antiga chefe, a Ana, que escolheu. E ainda tenho algumas economias da indenização de quando saí da editora, e uma soma de dinheiro guardada para, um dia, realizar um sonho antigo. Se eu sobreviver. Meu trabalho no restaurante paga razoavelmente bem, mas viver custa muito caro, então não me dou ao luxo de esbanjar como se estivesse fazendo turismo. Quando cheguei aceitei o primeiro trabalho que me propuseram, que foi o garçonete no bar de um italiano a duas quadras de casa, e tem sido duro conciliar as duas atividades, porque fico no trabalho até meia-noite e a madrugada é o único tempo de que disponho para escrever e traduzir. Costumo chegar bastante cansada, mas também com insônia, então em vez de ficar me revirando, trabalho. Não sei até quando vou conseguir escrever. Talvez eu desista de contar o que aconteceu por ter que reviver os acontecimentos. Ou talvez eu acabe desistindo porque na minha cabeça as coisas ainda estão meio bagunçadas; não tenho conseguido distinguir muito bem o que é real e o que existe apenas na minha imaginação atravessada por traumas e pesadelos.

Mas talvez eu devesse parar de reclamar do tempo e das condições ambientais parisienses para começar logo a contar essa história que me trouxe de volta. Melhor me adiantar porque meus dias podem estar contados. Eu sempre saio de casa esperando não voltar, esperando dar de cara com o meu algoz, que pode ser qualquer um na multidão: um estranho no metrô, um cliente do restaurante, um vizinho, um colega de trabalho. Eu vivo como se tivesse alguma doença terminal, apenas esperando o inevitável.

2

Hoje foi mais um dia como todos os outros: trabalhei e voltei para casa perto de uma da manhã. Tenho sorte de morar a algumas quadras do trabalho; quando termino o expediente, volto a pé, o que me permite esvaziar um pouco a mente do barulho e do trabalho mecânico que faço no restaurante. Quando chego, tomo um rápido banho morno, acendo um cigarro e começo a escrever. Gosto de escrever durante a madrugada, quando Paris cai no silêncio; chego a escutar o crepitar do cigarro queimando sozinho, pousado no cinzeiro. Deixo minha mente divagar e quase sempre ela me leva até os acontecimentos ruins que me trouxeram até aqui. Ainda não tive tempo de processá-los, por isso acredito que escrever a respeito pode me fazer bem. O intuito principal é contar a minha versão dos fatos, a minha verdade, mas no final das contas este testemunho vai me ajudar a organizar as ideias, já que por ora não tenho como fazer terapia.

No momento estou trabalhando em um restaurante italiano que eu comecei a frequentar na época do mestrado e aonde fomos algumas vezes. O dono é um italiano cinquentão, cujo rosto chama atenção pelos traços marcantes, o nariz adunco, mas também pela enorme cicatriz que ele possui, que vai mais ou menos do canto do olho ao canto da boca, do lado direito. Sempre quis perguntar como ele tinha conseguido aquela marca tão peculiar, mas certas perguntas não devem ser feitas. Pouco se sabia sobre o passado de Salvatore, e era melhor assim. Ele apreciou minha discrição e acabamos criando o hábito de conversar quando eu ia ao restaurante no horário de almoço. Talvez seja por essa discrição mútua que eu o tenha procurado quando voltei a Paris. Eu não perguntava sobre o seu passado, ele não perguntava sobre o meu.

Acho que você lembra das noites de quinta, que eram animadas por trios ou quartetos de jazz, geralmente cantores e músicos iniciantes que aceitavam tocar para passar o chapéu ao final da apresentação. A quantas noites de jazz fomos juntos? Elas continuam, toda quinta-feira, como de costume, e são as noites em que mais gosto de trabalhar. As notas improvisadas parecem tornar a lavagem dos paratos mais leve, mais compassada. E me distraio com lembranças felizes. Tenho até a sensação de que posso ser feliz novamente, mesmo com os perigos que me espreitam.

São quase seis da manhã e eu não escrevi nada com nada. Não é um relato fácil, não tem uma maneira objetiva de contar tudo que aconteceu, até porque muitas coisas ainda estão obscuras, muitas memórias incertas ou bloqueadas. E eu prometi não me forçar a nada, prometi que seguiria meu próprio ritmo, que escreveria sobre o que tivesse necessidade em cada momento, imaginando que não tem ninguém observando as minhas digressões e os meus devaneios. Ou posso imaginar que Freud está do outro lado e resolve me receitar cocaína e masturbação. Cocaína eu não curto, mas eu deveria me masturbar de vez em quando para aliviar toda a tensão que meu corpo carrega. Mas já faz um tempo que não sinto nenhum desejo, como se toda minha libido tivesse sido canalizada em forma de uma energia altamente destrutiva, um horror. Tenho deixado esse rastro por onde passo.

Eu sei que você vai acabar cansando dessa leitura, mas peço que vá até o final.

3

Ontem acabei dormindo por cima do computador enquanto trabalhava, e acordei com um raio de sol que se precipitava pela janela. Uso o computador apenas para trabalhar; te escrevo em um caderno moleskine que você provavelmente vai queimar quando receber. Além da saliva molhando minha bochecha, tinha umas três páginas de letras aleatórias, escritas por partes aleatórias do meu rosto em repouso sobre o teclado. Acho que nem Joyce ousaria tamanha aleatoriedade, Leopold Bloom andando sob uma chuva de letras recortadas de jornal, uma mensagem cifrada que nem os escribas do Egito Antigo seriam capazes de reproduzir. Quando eu começo a falar muita merda assim, é sinal de que preciso de um café. Vou preparar o café e tomá-lo no instante futuro que se passará no momento em que eu terminar de escrever estas palavras que, no entanto, será já o presente. Mas se o presente é impossível porque quando for, já não é, então tomarei um café no passado. Se eu estivesse escrevendo em um papel, deixaria uma gota de café respingar casualmente sobre a folha. Aquela seria a única prova de que houve um momento presente, capturado naquela única gota. Todo o resto da xícara é ainda futuro, a ideia do café, e será então passado no instante em que for sorvido. Dentro de mim tem uma mancha, como essa gota de café. Mas essa mancha não existia há alguns anos, quando eu me mudava de Recife para São Paulo. Eu estava feliz, estava indo começar o mestrado que terminei aqui na França, quando você me tirava de cima de uma poça de saliva sobre meus cadernos e me levava para a cama. Às vezes eu fingia dormir para continuar dentro do abraço quentinho no qual *você me envolvia.* O Victor, meu melhor amigo, que eu conhecia desde os sete anos e que você não chegou a conhecer, fazia a mesma coisa. Me tirava de cima de uma pilha de livros e cadernos e me botava na cama. Claro que ele não me beijava, nem ficava me abraçando por minutos sem fim, apenas me jogava na cama, às vezes de chinelo e tudo.

A família de Victor mudou-se do Rio de Janeiro para Recife nos anos 90, quando seu pai, médico e oficial do exército, foi transferido para lá, a fim de administrar o hospital militar. Ele entrou no meio do semestre na minha classe no segundo ano e éramos tão diferentes que nos tornamos inseparáveis. O Victor era muito tímido, o que encorajou as provocações por parte dos valentões da sala, que eu já conhecia desde os primeiros anos da escola, e que tinham medo de mim. Eu jogava futebol, subia em árvore e brincava de Telecatch com os meninos. Então quando Victor chegou, fui tomada por um forte instinto de proteção por ele. Sua fragilidade me comovia; a pele branca parecia fina e transparente, era possível ver os traços das veias percorrendo seus braços e pescoço. Eu sempre sabia quando ele estava prestes a chorar; ele ficava vermelho quase púrpura. E ele tinha as mãos finas como as das mocinhas dos romances, que se dedicavam apenas ao bordado e ao piano. Victor sempre foi uma alma sensível, que preferia livros, lápis de cor e tintas às companhias humanas. E foi justamente essa paixão por arte e literatura que nos uniu de maneira definitiva. Ainda crianças inauguramos nosso primeiro clube de leitura no recreio da escola; na adolescência íamos juntos à casa da vizinha de Victor, para ter aulas de aquarela. Fomos à faculdade de Letras, separados, eu em Recife, Victor em São Paulo, e mesmo à distância alimentávamos sonhos em comum. Quando Victor, já escritor reconhecido, voltou de uma residência literária em um castelo na Itália, decidiu que um dia teríamos a nossa própria residência para artistas e escritores em algum litoral paradisíaco.

4

O perito criminal Michel Le Goff tinha acabado de tirar os sapatos e abrir uma cerveja, quando seus dois telefones começaram a tocar simultaneamente, a linha profissional e a pessoal. Era quase de manhã. Tinha acabado de chegar de uma cena de crime e tudo o que mais desejava no momento era sentar e acabar com todas as latas de cerveja que estavam em seu freezer. Dois corpos. Dois rapazes de origem argelina, cada um com um tiro na testa, jogados na linha do trem em Nanterre durante a madrugada. Olhou os telefones e viu que não poderia deixar de atender: em uma chamada, o chefe da polícia francesa, François-Xavier Moreau; na outra, o chefe dos bombeiros de Paris. Finalizou a cerveja de um só gole, enquanto tentava imaginar que desgraça tinha acontecido para que aqueles dois estivessem na sua cola. "Será que eu fiz alguma cagada?". No entanto, fazia tempo que Le Goff andava na linha. Ainda tinha o costume de beber, mas só cerveja; dia sim, dia não ainda fumava um baseado para conseguir dormir; odiava o estado letárgico em que os ansiolíticos o deixavam. Tinha conseguido parar com a cocaína e as anfetaminas. Quase perdera o emprego por causa do abuso. Ele costumava cheirar pó durante as investigações mais longas, que adentravam as madrugadas frias de Paris. Até que um dia exagerou na dose, entrou em um estado paranóico e atirou em seu próprio colega de trabalho, que terminou por ser aposentado compulsoriamente. O tiro esfacelou a rótula e o infeliz teve que pôr uma prótese que deixava a perna rígida. No fundo, Michel o invejava. Gostaria de poder se aposentar neste momento, aos 38 anos, enquanto ainda tinha um pouco de saúde para aproveitar a vida. Queria passar mais tempo com sua avó, dona de uma pousada em Lorient, perto da paraia. As temperaturas na Bretagne eram mais amenas, muito melhores que o frio cortante de Paris, que acabava se refletindo no caráter desses personagens que moravam na cidade. Era assim que enxergava os parisienses, personagens tragicômicos cujos humores mudam de acordo com as condições climáticas.

Amassou a lata de cerveja que tinha tomado em dois goles e abriu uma outra. Os telefones não paravam de tocar em cima da mesinha de centro onde ele apoiava os pés. Ele sabia que seria inevitável atender àqueles telefonemas, mas estava ganhando tempo. Queria descansar alguns minutos e tomar algumas cervejas antes de ter que sair de casa novamente, no meio da noite, naquele frio desgraçado, atípico para o mês de abril. Pensou nas mudanças climáticas, em como aquilo estava afetando a vida no planeta e em como esse evento global poderia deixar os parisienses ainda mais insuportáveis. Olhou para os celulares, tentando decidir qual ligação atenderia primeiro. Já amanhecia, os primeiros raios de sol começavam a invadir a sala, fazendo-lhe arder a vista. O que poderia haver de tão importante naquele horário? Ele hesitou; poderia simplesmente não atender. Tinha passado a madrugada em uma cena de crime, tinha visto sangue e matéria encefálica demais por uma noite. Não que isso fosse um problema; estava acostumado com todo tipo de circunstância que causam náuseas nas pessoas normais. Mas ele, desde pequeno, adorava brincar com insetos, dissecar pequenos animais. Tinha estômago forte.

— Finalmente, Le Goff, por onde você andou?

— Estava no banho, acabei de chegar de Nanterre. O caso dos dois argelinos... mas me diga, onde é o incêndio? — falou em tom de brincadeira.

— Na Notre Dame. Venha logo, temos um corpo. Mas ainda não divulgamos nada, o escândalo do incêndio já é suficiente para derrubar um presidente.

Michel engoliu em seco e desligou a chamada sem se despedir. Pegou uma garrafinha de metal, encheu de uísque e guardou-a no bolso interno da jaqueta, não sem antes dar um gole generoso, que desceu queimando a garganta. A voz do chefe dos Bombeiros de Paris não denotava brincadeira.

5

Minha vida aqui em Paris se resume a casa, trabalho, trabalho, casa. Raras visitas a museus e exposições. Poucas vezes também tenho tempo de ir a um café. Não tenho amigos, apenas colegas de trabalho que me conhecem pela minha nova identidade. Meu advogado me orientou a não entrar em contato com os antigos colegas do mestrado. Também não posso estar em contato frequente com meus amigos no Brasil, apenas mantenho contato com a minha família e com Lúcia, a dona da editora, por uma conta de e-mail que criei com meu novo nome. Passo muito tempo sem falar com ninguém, às vezes o som da minha própria voz me parece estranho. E devo confessar que me sinto bem dessa maneira, acho que hoje em dia eu não seria a companhia preferida de ninguém, então evitar as pessoas tem me agradado. Mas hoje, quando cheguei do trabalho, pela primeira vez nos últimos dois anos, tive vontade de conversar com alguém, um homem que mora no apartamento de baixo, e que me pareceu ainda mais solitário do que eu. Quando entrei no hall do prédio, dei de cara com ele. Estava entrando também, podre de bêbado, e fez um esforço enorme para conseguir emitir um som, parecia que não estava muito habituado à fala. Seu cumprimento me pareceu apenas um grunhido. Observei-o subir as escadas; achei que ele teria dificuldade, mas talvez estivesse acostumado ao próprio estado de embriaguez e também ao ambiente, pois ele sabia exatamente onde pôr os pés para galgar os degraus escada acima. Fui acompanhando aquele homem na subida porque não tinha espaço na escada minúscula para que eu pudesse ultrapassá-lo. A despeito de seu estado, não apresentou dificuldade ao enfiar a chave na fechadura e abrir a porta, e eu aproveitei para tentar espiar seu apartamento. Por algum motivo, aquele homem me despertou curiosidade. Dei uma olhada rápida dentro do apartamento 32: mesa, sofá-cama, sapateira na entrada e uma estante com alguns livros. Um apartamento tipicamente masculino, sem vida e sem personalidade, que mais parecia um desses imóveis de aluguel por temporada. Acho que eu comentei algo parecido sobre o seu apartamento quando fui lá pela primeira vez, lembra? Mas um detalhe me chamou a atenção no apartamento do vizinho: algo brilhante, aceso; parecia uma luminária, mas muito mais vivo e pulsante. Aquele era o objeto mais estranho que eu já vi na minha vida, ele não tinha forma nem cor definidos, mas por algum motivo me era bastante familiar.

6

Michel subiu as escadas em direção ao seu apartamento. Trocava as pernas de tão bêbado que estava. Pela janela podia enxergar os primeiros raios de sol que esfregavam em sua cara o fato de que ele precisava dormir. No mês de abril, felizmente, os dias já eram mais longos que as noites e aquilo parecia amenizar o amargor daquela gente. Em vez de se jogar na cama, como tinha planejado, pegou três latas de cerveja, colocou-as sobre a mesa de centro e abriu a primeira, enquanto pensava sobre tudo que tinha acontecido nas últimas vinte e quatro horas. É isso, a catedral de Notre Dame já era. As duas torres da frente aparentavam estar intactas, assim como a fachada, mas o teto e a torre central desabaram. Ele não sabia calcular a dimensão do prejuízo material e simbólico que aquele evento significava. Não entendia de arte, patrimônio, arquitetura, mas ele tinha a impressão que a própria História se desfazia em cinzas na frente de seus olhos.

Sua presença, na verdade, fora solicitada na cena da ocorrência de maneira confidencial pelo chefe do corpo de bombeiros de Paris porque havia uma vítima fatal, o que contradizia a versão oficial de que não havia ninguém no local no momento em que as chamas se espalharam. Esse era o trabalho de Michel como perito da polícia: onde houvesse um cadáver, lá estava ele apurando os fatos que levaram aquele corpo a óbito. Calcular o ângulo em que um projétil atravessou o crânio de um homem e de que distância aquele projétil foi disparado; suicídio ou homicídio? Corpos de uma mãe e dois filhos encontrados esquartejados e conservados em um freezer na garagem. O pai fizera o trabalho. Nesse caso ele chegou até a dar entrevista para um jornal. Queriam detalhes, os carniceiros. Ele e sua equipe metiam realmente a mão na massa, coletavam amostras de DNA, recolhiam vísceras e outras partes que estivessem espalhadas em uma cena de crime; eram os responsáveis também por deixar no chão as marcas das silhuetas de vítimas fatais de acidentes de trânsito. Em suma, faziam o trabalho sujo, enquanto os investigadores cruzavam os dados por eles fornecidos com outras informações fornecidas por médicos legistas, testemunhas, entre outras fontes. Normalmente trabalhavam em colaboração com a imprensa, até porque precisavam estabelecer limites sobre o que era publicado. Mas, por alguma razão ainda desconhecida, agora estavam omitindo o corpo carbonizado, pacto de silêncio absoluto entre peritos, investigadores, bombeiros e qualquer um que tivesse trabalhado para conter as chamas em Notre Dame. Ainda não se tinha um indício qualquer sobre quem era aquele cadáver mas, quem quer que fosse a vítima, não deveria sequer estar ali no momento, então além de vítima, ele também era o principal, e talvez único suspeito, de ter provocado o incêndio. Isso é o que sua equipe iria apurar, seria um trabalho de meses, que talvez jamais chegasse a uma conclusão precisa.

O corpo estava completamente carbonizado e em posição de cadáver quando foi levado para o necrotério. Tinha um afundamento no peito, causado por um pedaço de escombro que caiu após as chamas atingirem as grossas colunas de carvalho que sustentavam o teto da igreja. O médico legista iria definir se ele veio a óbito devido ao impacto ou se o destroço o atingiu depois de já ter sido morto pelas chamas, ou até mesmo pela inalação da fumaça.

Michel coçou a cabeça irritado; estava diante de um enigma difícil de resolver, com certeza o mais importante de sua carreira. Quase toda a equipe estava trabalhando para resolver esse caso, para descobrir quem era aquele homem, o que ele estava fazendo dentro da igreja no momento do incêndio e por que motivo ele não teria fugido no momento em que as primeiras chamas começaram a se espalhar. Eram muitas perguntas e nenhuma pista, no momento. Ainda tinha que ter o cuidado de não deixar vazar nada para a imprensa, que até o momento desconhecia a existência de vítimas fatais na tragédia, tragédia esta que já era enorme o suficiente sem esse mistério adicional. E ele estava disposto a cortar a cabeça de quem deixasse escapar qualquer informação. Sua equipe estava proibida de tocar no assunto até mesmo com seus maridos e esposas em casa, sob pena de suspensão. Ele não corria esse risco. Estava sozinho há anos e gostava disso. Adorava chegar em casa e não tomar banho; abrir uma cerveja e colocar a lata sobre a mesinha de madeira sem ouvir nenhuma reclamação. Em seguida, colocar os pés suados sobre a mesma mesinha. Ligar e desligar a televisão quando quisesse. Comer quando tinha fome. Peidar e arrotar à vontade. Pequenas liberdades que não tinham preço. Tinha sido casado uma vez. Não casado no papel, mas chegou a morar com uma de suas ex-namoradas, uma loira espetacular, colombiana. Ele nem sabia que havia loiras na Colômbia. Nunca tinha ido para aquelas bandas. Quem sabe um dia. Tinha tantas férias acumuladas que poderia fazer um ano sabático e ainda sobrava. Mas era viciado naquela porcaria de trabalho, era sua paixão e sua prioridade. Quase enlouqueceu quando foi suspenso. Quem sabe um dia iria rodar o mundo para ver umas paraias e umas mulheres bonitas em algum país tropical da América Latina, longe da *grisaille* parisiense.

Começou a cochilar ali mesmo no sofá, os pés apoiados na mesinha de centro e uma lata de cerveja quase vazia na mão, até que foi despertado por um sonho bastante agitado, a ponto dele dar um pequeno salto do sofá e derrubar o resto de cerveja que tinha na lata. "Merda!".

Antes de ir correndo buscar um pano, procurou seu caderno em uma gaveta da mesinha lateral. Seus sonhos, quase sempre muito realistas, eram um dos motivos pelos quais ele foi suspenso. Claro que, além dos sonhos, tinha a questão do abuso de drogas, mas ele só usava cocaína para se manter acordado e não adentrar esse mundo dos sonhos que, por vezes, era mais assustador e revelador do que ele poderia suportar. E quando falou desses sonhos com sua psicanalista, ela comentou que era normal ter pesadelos, devido ao tipo de trabalho que ele exercia, eram imagens muito fortes para esquecer tão facilmente. Michel não se contentou com a resposta, mas deixou por isso mesmo. Sabia que de nada adiantaria lembrá-la de que os sonhos traziam imagens de eventos que ainda iriam acontecer, e que muitas vezes ele conseguiu impedir. A psicanalista pediu para que ele começasse a anotar seus sonhos. No começo, ele anotava em qualquer lugar: papéis avulsos sobre a mesa, faturas de água, luz e internet; recibos de comparas, pedaços de papelão das caixas das compras de internet. Após algumas sessões, ela pediu que ele organizasse os sonhos em um caderno. Ele poderia mantê-lo, com uma caneta, sempre ao lado da cama para que pudesse anotar os pesadelos assim que acordasse. Mesmo tendo abandonado a terapia, Michel continuou com o hábito de anotar tudo o que se passava no seu inconsciente enquanto dormia. Suas profecias, como costumava chamar para si mesmo, em tom de brincadeira. Naquele dia, escreveu:

Terça, 16 de abril de 2019: Igreja medieval, padre ou monge de óculos, roupa marrom com um capuz estranho. Multidão do lado de fora gritando para queimarem uma mulher, acusada de bruxaria. Vou para fora e a tal bruxa me encara, ela é bonita (acho que por isso acordei de pau duro). Tem uns homens que a seguram, está quase sendo linchada. O padre sai da igreja, mas não está mais de óculos. Ordena que amarrem-na a um poste de madeira. Vão queimá-la. Por isso acordei dando um pulo no sofá, derramei até a cerveja.

7

Quando nos formamos, eu e Victor combinamos de fazer uma viagem pelo litoral do Nordeste. O plano consistia basicamente em sair de carro do sul da Bahia e ir até o litoral do Maranhão, para em seguida descer para os Lençóis Maranhenses. Claro que deu tudo errado por falta de tempo e dinheiro, ano sabático era luxo e precisávamos trabalhar. Victor foi efetivado na editora onde estagiava e logo me conseguiu alguns freelas como tradutora por lá também, então a única viagem com a qual eu podia sonhar na época seria uma possível mudança para São Paulo, com todos os riscos de não ter um emprego de carteira assinada incluídos. Victor, na época, alugava um apartamento de dois quartos e disse que eu poderia dividir o aluguel com ele. Aceitei, com toda a relutância do mundo, não porque eu achasse que as coisas não iriam bem com ele em particular, mas porque eu sempre fui acostumada a estar sozinha. Mesmo morando com meus pais eu sempre passei muito tempo no meu quarto escrevendo no meu diário, assistindo a filmes, escrevendo sobre os filmes que eu tinha assistido. Seria estranho dividir minha vida daquela maneira tão íntima com alguém que não era da minha família, que não estava acostumado com a minha solidão e que eu sabia que iria querer minha companhia full time. O Victor era meu exato oposto; amava as pessoas, amava estar entre elas. Devo confessar que estranhei todo o carinho e cuidado que ele me dispensou nos primeiros meses que moramos juntos. Acho que ele se sentia responsabilizado por eu ter mudado de cidade, ainda sem emprego fixo. Mas tudo estava indo muito bem, apesar dos temores. Fui aprovada em um mestrado com bolsa e, quando recebi a notícia, Victor resolveu que deveríamos fazer uma viagem para comemorar. Sempre falávamos em conhecer a Chapada dos Veadeiros, então aquele seria o momento oportuno. Dez dias de férias eram mais do que suficientes. Combinamos de dar uma passada no Rio de Janeiro, na casa dos pais de Victor, que à época moravam lá. Ele tinha acabado de enviar o original do seu primeiro romance para um editor, seu colega de trabalho e achou que tirar quinze dias para espairecer iria ajudá-lo a controlar a ansiedade.

Victor sempre teve uma relação um pouco distante com seus pais, principalmente com o pai militar. Lembro quando éramos menores e o Victor não conseguia chorar com facilidade porque estava acostumado a reprimir as lágrimas. Eu sabia que ele estava chorando por dentro quando arregalava os olhos, como se fossem saltar das órbitas, suas bochechas inchavam e ele ficava vermelho, as veias saltando de sua têmpora. Sempre ouvia do pai que menino não podia chorar, que aquilo era coisa de meninos fracos, que ele não era um menino fraco. Enquanto escrevo isso, meu telefone no modo aleatório toca "Boys don't cry" do The Cure. Minha vida sempre é permeada por pequenos eventos mágicos e eu fico rindo sozinha de cada um deles.

Quando as férias chegaram, passamos dois dias no Rio de Janeiro só para cumprir a tabela de visitar os pais de Victor. Fomos recebidos na casa de seus pais como se fôssemos um embaixador e sua esposa, tudo muito formal. A mãe de Victor estava vestida com uma saia lápis e um blazer; o pai, com calça de alfaiataria e camisa de botão, com abotoadura e tudo. Acho que tinha acabado de chegar do trabalho, o terno ainda estava pendurado em uma chapeleira no hall de entrada. Eu sempre achei que os militares usavam farda o tempo inteiro, mas aparentemente seu pai agora ocupava um cargo no GSI, o gabinete de segurança da Presidência da República. Mas nunca falava do seu trabalho, tal qual o Major

Briggs de Twin Peaks. *Jantamos enquanto conversávamos sobre trivialidades. "O assado está uma delícia"; "viu o jogo do Fluminense?"; "assaltaram a vizinha ontem a duas quadras daqui, não tem mais segurança em Copacabana"; "vocês estão namorando? Quando você vai nos apresentar uma namorada, Victor?"*

Percebi que Victor tinha um olhar triste e resignado quando fomos nos deitar em seu antigo quarto de adolescente. É notório o quanto as pessoas daquela família são distantes umas das outras, e que o meu amigo faz de tudo para quebrar esse gelo, sem sucesso. Victor é muito sensível e ama profundamente, as interações superficiais não o agradam. Preferi não comentar nada e esperar que ele falasse por si mesmo. No entanto, ele tinha dificuldade em falar sobre essa relação com os pais apesar disso incomodá-lo muito. Rompeu o silêncio apenas para perguntar o que eu gostaria de fazer no dia seguinte. Como eu já conhecia os principais pontos turísticos da cidade, falei que queria ir nos seus lugares preferidos, aqueles dos quais guardava as melhores lembranças e que escapassem dos roteiros tradicionais. Ele ficou animado pela proposta e disse que já tinha em mente alguns locais onde poderia me levar. Fomos a Santa Teresa, ao Jardim Botânico, a livrarias e cafés. No final do dia, vimos o pôr do sol no Arpoador. Todos os locais que eu falei que queria te levar um dia. Agora confesso que foi o Victor quem planejou esse roteiro, finalmente estou dando os créditos a ele.

Ao final do terceiro dia no Rio, nos despedimos da família de Victor, o que foi um alívio para todos, acredito eu, e pegamos um voo até Brasília. Chegando lá, alugamos um carro e eu ficava de olho no GPS *enquanto Victor dirigia. Antes dessa viagem eu não conhecia Goiás. Já tinha ido a Brasília para alguns eventos, mas nunca tinha atravessado a fronteira do Distrito Federal. Fiquei chocada com o que vi na estrada: da capital do Brasil até a Chapada só se vê plantação de soja. A gente que cresce em capital muitas vezes enxerga apenas dados e números no que diz respeito à agricultu-*

ra, todo mundo sabe, por exemplo, que o Brasil é um dos maiores produtores de soja do mundo. Mas quando a gente percorre alguns quilômetros em uma estrada no interior do Brasil e só vê hectares e mais hectares de plantação de soja, o que poderia ser motivo de orgulho e patriotismo acaba se transformando em um peso no peito e na consciência. Mas naquele momento eu engoli aquele pequeno ressentimento e voltei minha atenção para Victor e para o GPS. Eu e ele estávamos muito felizes. Escolhemos uma playlist com alguns hits pop dos anos oitenta, cantávamos na janela, os cabelos ao vento, como se fôssemos Jack Kerouac pegando a estrada sem destino. Ríamos sem parar da nossa pequena aventura.

Chegamos a Alto Paraíso de Goiás no final da tarde, e a cidade nos pareceu bastante cosmopolita, apesar de ter o tamanho e a estrutura de qualquer cidadezinha do interior; turistas de várias nacionalidades se misturavam aos moradores, que também eram provenientes de outros lugares. Mais tarde fiquei sabendo, por um comerciante local, que muitas daquelas pessoas que moravam ali tinham migrado para aquela região inóspita por volta dos anos sessenta e setenta devido às histórias de que aquele lugar era um portal para outras dimensões. Na época os terrenos estavam a preço de banana, e os hippies brasileiros aproveitaram a oferta. E cada morador da região conhece alguma anedota sobre aparições de objetos voadores e seres mágicos de outros planetas. Dizem que a cidade é cortada pelo paralelo catorze, o mesmo que passa por uma região encantada de Macchu Picchu, no Peru, que também seria um portal mágico. A rua principal da cidade e as fachadas de quase todos os estabelecimentos são decoradas com aliens verdinhos e naves espaciais, e até o portal de entrada da cidade simula um enorme disco voador. Eu te falei mil vezes dessa região, você deve lembrar.

Após deixar as malas no hostel, eu e Victor saímos para comer alguma coisa e tomar uma cerveja. O recepcionista da hospedagem nos tinha recomendado um bar mais conhecido e agitado, mas nós *acabamos optando por um pequeno restaurante menos badalado. Pedimos uma cerveja e pastéis de pequi, uma iguaria local. Minha mãe é do Maranhão e lá também se come pequi. Lembro das férias na casa da minha avó em que ela cozinhava o fruto para comer com arroz e galinha, mas eu sempre tinha achado o cheiro horrível durante o cozimento e nunca quis experimentar. Mas há uma primeira vez para tudo e o Victor acabou me convencendo a provar a iguaria, que, no final das contas, não achei tão ruim assim. Enquanto comíamos, aproveitamos para definir as rotas para os próximos dias.*

Fiz uma rápida pesquisa pelo celular e vi que a fazenda São Bento é uma propriedade onde se localizam três cachoeiras: Almécegas I e II, além da terceira, que leva o nome de São Bento. Apesar de ficar reticente com o fato das cachoeiras estarem em uma fazenda, as fotos que vi do local me impressionaram e nem precisei pensar duas vezes antes de topar. Olhei o mapa e vi que ficava a uns dez quilômetros de Alto Paraíso. Anotamos o nome e o endereço da propriedade no nosso caderninho de viagem, um Moleskine que tínhamos comparado especialmente para a ocasião e no qual, além de anotar os roteiros, iríamos colar tíquetes, fotos e outras lembranças.

Após algumas cervejas e um parato de galinha com pequi, voltamos para o hostel para descansar e podermos acordar cedo no dia seguinte. Victor, como sempre, apagou em questão de minutos. Eu ainda fiquei acordada lendo por um bom tempo, antes de finalmente pegar no sono.

***

Acordei por volta das oito horas com Victor descobrindo meu pé e fazendo cosquinha, o que me fez tentar atingi-lo com um chute. Sempre tive pavor de cócegas e ele adorava me irritar dessa forma.

Ele sempre acordava de bom humor, ao contrário de mim, que precisava de ao menos duas xícaras de café para poder acordar de fato. Descemos para tomar café da manhã e confesso que estava rezando para que o parato do dia não fosse pequi.

O café da hospedagem era em um terraço aberto e, qual não foi minha decepção quando olhei para o céu e vi que estava repleto de nuvens cinzas e densas. Resmunguei em voz alta e o recepcionista veio prontamente falar comigo de maneira animada e descontraída sobre o tempo. Me deu algumas dicas de como evitar acidentes, principalmente me alertou sobre os sinais de tromba d'água nas cachoeiras. Eu tinha alguma experiência em trilhas, então tinha vindo preparada para eventuais chuvas. Na minha mochila tinha um rolo de plástico filme, além de saquinhos a vácuo, daqueles de guardar comida congelada, que são ideais para proteger documentos e eletrônicos até das piores tempestades.

Tomamos um café da manhã delicioso. Frutas, pão de queijo, bolo de milho, tapioca. Tive que me conter para não comer muito, pois poderia passar mal durante a caminhada. Isso é uma das coisas de que mais gosto nas pousadas do Brasil: por mais simples que seja o local, o café da manhã é sempre um espetáculo.

Terminamos a refeição e pegamos a estrada. Dessa vez fui dirigindo e Victor olhando o GPS, *mas o caminho era muito simples, quase uma linha reta. Chegamos em poucos minutos a São Bento. Havia um primeiro estacionamento na área próxima ao restaurante, mas o rapaz nos orientou que, para acessar as cachoeiras, nós poderíamos ir até o segundo estacionamento, um pouco mais distante, onde já era possível começar a trilha. Seguimos sua orientação e estacionamos o carro na entrada do caminho que levava à primeira cachoeira. Mal colocamos o pé na trilha, as primeiras gotas de chuva começaram a cair. Felizmente ambos tínhamos nossas capas impermeáveis. Começamos a trilha mas, por ainda ser cedo e acredito que também por conta da chuva, ainda não tinha ninguém. Mas deduzi, pelo tamanho do estacionamento e pela estrutura como um todo, que aquele local costumava receber enormes grupos de turistas, o que mais tarde se confirmaria.*

A trilha não era de terra ou areia, como é mais comum, mas uma subida por pedras bastante irregulares, o que dificultava um pouco a caminhada. Andávamos em um ritmo mais lento, conversando e tirando fotos de tudo que julgávamos interessante: flores, pássaros, pedras com formatos estranhos. No meio do caminho de pedra, nos deparamos com uma espécie de dique de madeira que era, na verdade, um mirante de onde se podia observar uma enorme cachoeira com várias quedas d'água. Eu e Victor ficamos impressionados com a força daquelas águas. Até hoje guardo o vídeo em meu celular e, de vez em quando, o revejo para ficar escutando o som grave da água batendo nas pedras, que é ao mesmo tempo assustador e aprazível. Ficamos cerca de dez minutos contemplando aquele monumento natural, até que outros turistas começaram a chegar.

Depois do mirante, não demoramos muito para chegar ao poço onde poderíamos mergulhar. Obviamente a água estava gelada, pois o sol nunca incide durante muito tempo sobre ele e, para piorar, a caminhada fora tão curta e úmida que não deu tempo de esquentar o corpo. Mas mesmo assim tiramos nossas roupas e enfrentamos o frio. Depois de um tempo na água gelada parece que o corpo se adapta àquela temperatura e tudo se torna suportável e até mesmo prazeroso. Passamos cerca de uma hora nadando de um lado para o outro, vendo os turistas chegarem aos poucos. Quando a chuva começou a aumentar, saímos da água e fomos nos abrigar embaixo de uma pedra, onde comemos nossos lanches e fumamos um cigarro, observando as pessoas que se divertiam a despeito do frio que fazia.

Perto da uma da tarde resolvemos voltar ao estacionamento, de onde deveríamos pegar o carro para irmos até a entrada da próxima trilha. Passamos novamente pelo mirante e foi ali que eu me deparei com o par de olhos mais exóticos que já vi na minha vida. Eu amava (talvez ainda ame) os seus olhos, mas os dele eram felinos, selvagens, pareciam feitos de âmbar. E esses olhos me olharam de maneira tão intensa que o tempo congelou por alguns segundos. Victor percebeu a troca de olhares e queria voltar lá para falarmos com o rapaz, mas continuei caminhando. No fundo, eu também desejava voltar e perguntar ao menos o nome dele. Anos depois ainda sinto como uma espécie de eletricidade fluindo pelo meu corpo quando me lembro daqueles olhos. Mas naquele momento eu preferi ficar com a natureza e a companhia do meu amigo. Se eu tivesse que reencontrar aquele olhar, aconteceria novamente. Seguimos pela trilha até o estacionamento, desta vez descendo. As pedras estavam um pouco escorregadias por conta da chuva. Eu conseguia imprimir um ritmo normal de caminhada, mas Victor hesitava, com medo de escorregar. Em um dado momento ele tentou acompanhar o meu ritmo, com medo de ficar sozinho na trilha, mesmo eu dizendo a ele que respeitasse seu próprio tempo. Mas ele era muito teimoso e tentava acelerar um pouco, até que pisou em uma pedra mais lisa e levou um tombo feio. Por um lado eu queria dar risada, mas por outro eu estava realmente preocupada visto que algumas pedras eram muito ásperas, então a queda deve ter doído bastante. No momento em que fiz menção de ir até Victor para ajudá-lo, o dono daqueles olhos apareceu como que por encanto ao seu lado e o ajudou a levantar-se. Só naquele momento vi que ele estava com um grupo de amigos. Trocamos algumas palavras triviais: agradecimentos, recomendações sobre trilhas em dias de chuva, reclamações sobre o mau tempo fora de época, mas nada que pudesse levar a uma troca de telefones, ou mesmo de nomes. Os quatro rapazes seguiram pela trilha, adiantando-se na nossa frente. Eles pareciam bastante à vontade naquele local, provavelmente deveriam ser brasilienses que costumavam passar férias por ali. Verifiquei se Victor tinha se machucado, mas ele estava bem até demais para perguntar por que eu não tinha aproveitado para pedir o número do rapaz. Eu disse que estava mais preocupada com a queda dele e que deveríamos ir ao hospital fazer uma radiografia. Mas Victor descartou essa hipótese, disse que se sentia bem e pediu para seguirmos. Continuamos o resto da trilha em silêncio e tomando mais cuidado. Seguimos para a próxima cachoeira, que era um pouco menos impressionante que a primeira, mas cuja água estava menos fria.

No fim do dia voltamos à sede da fazenda, onde havia um restaurante. Decidimos comer ali mesmo, porque assim poderíamos seguir diretamente para a pousada quando voltássemos do passeio.

***

Após o banho, eu e Victor ficamos descansando na área comum do hostel. Ele tinha algumas pequenas escoriações devido à queda, cujo ardor o incomodou apenas quando tomou banho de chuveiro. Eu lia algum livro de poesia em uma poltrona e o Victor tomava notas em nosso caderninho de viagens. Os outros ocupantes deveriam estar jantando ou curtindo a noite de Alto Paraíso. O silêncio, no entanto, foi quebrado por vozes masculinas que se aproximavam do quarto. Um novo hóspede chegava e o simpático rapaz da recepção o acompanhava para mostrar suas acomodações. Ele nos cumprimentou e, depois que o recepcionista saiu, ele se voltou para Victor e perguntou se ele não era "o cara que caiu hoje na trilha de Almécegas." Victor confirmou, dando risada; eu fingi que aquela informação não mudava em nada a minha vida, apenas levantando os olhos da minha leitura. Pedro se apresentou. Era de São Paulo e estava fazendo uma viagem com os amigos. Enquanto conversávamos, ele se dirigiu a mim, perguntando meu nome e dizendo que seu amigo, Fernando, tinha comentado que eu era bonita. Fiquei super envergonhada, mas feliz ao mesmo tempo. Continuamos conversando, Pedro explicou que tinha se separado do grupo porque deveria voltar a São Paulo no dia seguinte. Eles estavam passando alguns dias na casa de Fernando em São Jorge, um vilarejo meio hippie, mas era advogado e precisou encurtar a estadia por causa de problemas com um cliente. Como era sua última noite, gostaria de aproveitar um pouco e nos convidou para tomar uma cerveja. Fomos com ele até o bar mais próximo onde nos sentamos e conversamos um pouco sobre tudo, exceto sobre seu amigo Fernando. Eu queria perguntar se ele era solteiro, em que trabalhava, o que gostava de fazer em seu tempo livre, mas sentia que a oportunidade de fazê-lo pessoalmente poderia chegar em breve.

Após algumas cervejas, voltamos para a pousada e, antes de dormir, Pedro virou-se para mim e falou que no dia seguinte teria um forró na vila de São Jorge, que eu provavelmente iria gostar, que a vila é bem agradável e que Fernando estava combinando de ir com os outros amigos. Disse, ainda, que Fernando falou de mim o dia inteiro, depois da descida da trilha, mas que como também era um pouco tímido, não teve coragem de me abordar, até porque não sabia se Victor era meu namorado. Agradeci pelas informações e fui deitar, mas o sono demorou a chegar.

Na manhã seguinte não vimos quando Pedro foi embora, porque ele saiu muito cedo para pegar o primeiro ônibus. Naquele dia visitamos a cachoeira do Segredo. Essa não ficava em uma fazenda, como as Almécegas, mas no meio da natureza. Fizemos uma trilha de cerca de quatro quilômetros até chegarmos a um cânion impressionante com uma queda d'água de cerca de oitenta metros. Fiquei espantada com a beleza do lugar. Eu e Victor nos divertimos bastante, nadando de um lado para o outro, contentes como duas crianças. Lanchamos na margem, sentados em uma pedra. Victor perguntou se eu gostaria mesmo de ir no forró, eu falei que ainda estava pensando. Não tínhamos ido à Chapada para viver algum romance ou ir a festas, eu queria desfrutar da companhia do meu amigo e da natureza. Mas era ele quem mais me instigava. Falou que sempre teríamos um ao outro, mas que eu precisava encontrar o amor da minha vida, e bem que poderia ser aquele ali mesmo. Na época acho que concordei com ele. Ainda era ingênua e achava que essa era uma grande meta na vida de toda mulher, encontrar um homem com quem viveríamos uma linda história de amor. Acho que minha percepção mudou um pouco de lá para cá. Hoje, claro, minha principal meta é continuar viva e levar uma vida o mais próximo possível da normalidade, sem medo, sem precisar me esconder. Mas já não tenho mais ilusões românticas. Acho que todo romantismo cai por terra quando encontra a prática. Na vida real, no dia a dia, o que sobrevive à desilusão é o esforço, é o que é construído entre duas pessoas, e eu nunca construí nada que não fosse unicamente meu. Não te culpo por nada do que aconteceu. Mesmo ainda não tendo ouvido tuas desculpas, mesmo sem saber o que realmente nos separou. Não tivemos tempo de dar explicações, talvez nunca tenhamos. Mas eu te perdoo e te perdoarei sempre. Não foi à toa que te escolhi como destinatário deste relato.

Victor acabou me convencendo de ir ao tal forró. Pensei que, no final das contas, eu poderia me divertir dançando um pouco. No final do dia retornamos para o hostel para tomar banho e descansar. Comemos algo rápido na saída da cidade e pegamos a estrada em direção a São Jorge.

A festa acontecia em um centro cultural que, pelo visto, abrigava a maior parte dos eventos da cidade. Esta era bastante charmosa e acolhedora: ruas de terra, casinhas simples mas de muito bom gosto, plantas e flores. Tudo isso cercado por montanhas e um clima místico que os moradores faziam questão de reforçar. Todo mundo que passava pela rua parecia saído diretamente de Woodstock. O centro cultural seguia essa mesma linha; era bem espaçoso e tinha jardim, um bar na área externa, além do salão onde em breve um trio de sanfona, triângulo e zabumba tocaria para animar os presentes. Por enquanto um DJ se ocupava do som, o que já empolgava um pequeno grupo de dançantes que rodopiava pelo salão, aquecendo as pernas para não fazerem feio mais tarde.

Eu e Victor fomos até o bar comparar bebidas e, apesar do clima hippie, os preços eram dignos de qualquer barzinho da moda em São Paulo. Victor pegou um Aperol Spritz e eu decidi por uma cerveja, apesar do frio. Victor disse que eu passaria a noite fazendo xixi se continuasse bebendo cerveja. Respondi que o suor da dança faria a cerveja evaporar antes de chegar à minha bexiga.

Pegamos nossas bebidas e fomos para o salão. Não tive muito problema em encontrar um par para dançar e, de fato, não demorou muito para que eu começasse a transpirar. Victor observava de um canto enquanto eu dançava. Embora ele sempre mostrasse ser bem resolvido com sua sexualidade, no fundo ainda temia se expor, ainda mais em território desconhecido. Eu gostaria de influenciá-lo a se mostrar mais para o mundo, mas seu caráter sensível poderia não estar preparado para as dores do mundo. Ninguém de nós está, mas ele parecia ainda menos resistente a qualquer sinal de violência ou rejeição, apesar da imagem de fortaleza que tentava passar. E, às vezes, eu via meu amigo se encolher dentro de uma carapaça, como fazem as tartarugas quando pressentem o perigo.

Tinha se passado quase uma hora desde que chegamos à festa. O trio de forró ainda não tinha começado a tocar, então resolvi que era melhor guardar um pouco as minhas forças para quando a banda de verdade começasse com a música. Parei um pouco de dançar para ficar com Victor e tomar outra cerveja. E foi então que vi Fernando entrar pela porta principal do salão, rodeado pelos mesmos amigos que estavam com ele na cachoeira, ou pelo menos foi o que presumi, já que não tinha enxergado ninguém além dele no dia anterior. Ele também parecia não enxergar mais nada em sua frente. Quando me viu no salão, veio diretamente a mim. Eu nunca esqueço da impressão que sua voz e seu perfume me causaram naquele momento.

Ele disse que estava preocupado comigo e com o Victor, que ele gostaria de ter nos ajudado, nos dado carona na volta para Alto Paraíso. Me perguntei como ele sabia que estávamos hospedados em Alto Paraíso, mas àquela altura o Pedro já devia ter passado toda informação possível. Eu disse que o Victor estava com a bunda dolorida, mas nada grave, apenas alguns hematomas e escoriações. Eu ri, não sei do que exatamente, talvez de nervosismo, porque sentia que minha voz tremia, assim como todo o meu corpo. Aquele homem exalava autoconfiança e aquilo me intimidava um pouco. Fizemos as devidas apresentações e começamos a conversar. Fernando era filho de um fazendeiro da região, seu pai tinha fazendas em Goiás e Mato Grosso, mas ele tinha feito faculdade de direito em Brasília, onde trabalhava como advogado. Conhecia bem a Chapada dos Veadeiros, que frequentava desde adolescente. E recentemente tinha comparado uma casinha ali na vila de São Jorge, onde costumava receber os amigos para férias e fins de semana prolongados.

Também falei um pouco sobre minha vida e meu trabalho, achando que ele não poderia julgar nada daquilo interessante mas, ao contrário, ele se interessava por tudo que eu dizia e até anotou o nome da editora em que eu trabalhava para poder acompanhar meu trabalho. Depois de passarmos quase uma hora conversando, finalmente o trio de forró começou a tocar e ele me chamou para dançar. Dei uma olhada em Victor para me certificar de que ele estava bem. Ele conversava com os amigos de Fernando e parecia à vontade. Fomos para o meio da pista e o tempo pareceu ficar suspenso.

***

Eu ainda tenho dificuldade para falar sobre o Fernando. Não sei também o quanto isso vai te incomodar, mas você não teve muita empatia comigo da última vez, então fica uma coisa pela outra. Mas é duro mesmo falar sobre ele, quando você souber como as coisas terminaram, vai conseguir me entender. Me desculpa por estar contando tudo tão detalhadamente, mas você precisa entender a situação por inteiro e eu eu preciso provar minha inocência, se é que tem como isso acontecer. Nada parece ter lógica, e até minha memória sobre alguns acontecimentos é duvidosa.

Dormimos juntos naquela noite, depois de dançarmos forró até alta madrugada. Como ele tinha casa em São Jorge, convidou a mim e ao Victor para dormirmos lá, para não termos que pegar a estrada de madrugada depois de ter bebido, o que ele considerava perigoso por conta dos animais que cruzavam a rodovia, além de ser ilegal. Disse que tinha vários quartos de hóspedes e que eu poderia dormir com o meu amigo, se me sentisse mais à vontade. Apesar de achar aquela atitude muito nobre, preferi dormir com ele. Pensava que nunca mais o veria, então queria guardar a lembrança comigo. Foi a primeira vez que entrei naquela casa dos sonhos que, um dia, viraria palco dos meus piores pesadelos.

Na manhã seguinte acordei em torno das onze horas. Fernando já não estava na cama. Fui ao banheiro da suíte, tinha toalhas limpas sobre o móvel, então tomei uma ducha rápida e me vesti. Fui até a sala e vi que Fernando estava na cozinha preparando o café da manhã. Ele preparou uma refeição enorme, não só para mim, mas para seus amigos e Victor, que tinha dormido sozinho em um dos quartos de hóspedes. Ele tinha ido à padaria buscar pãezinhos de todos os tipos, fez ovos mexidos que pareciam aqueles de hotel, além de dois tipos de suco, café, e tinha até um bolo no forno. Claro que aquilo me impressionou. Conversamos um pouco, ele perguntou se dormi bem e eu perguntei se ele precisava de ajuda. Ele disse que eu era sua convidada, que não precisava ajudar em nada, apenas esperar para ser servida. Aproveitei para dar uma olhada na decoração da sala, que me tinha passado despercebida durante a noite.

A casa, por fora, parecia simples como as demais casas da vila, mas quando entramos na sala já dava para perceber tons de requinte e bom gosto na decoração. Havia um jardim bem cuidado pelo próprio Fernando, às vezes por um caseiro, quando ele passava muito tempo sem poder ir a São Jorge. Um caminho de paralelepípedos levava até um terraço, onde havia uma imensa mesa de madeira rústica, com oito lugares, uma toalha de renda e um belo arranjo, provavelmente comparado de alguma artesã local. Ele tinha muito bom gosto e gostava de valorizar os artesanatos regionais, tanto que seu apartamento em Brasília era super bem decorado com itens que colecionava de suas viagens.

A sala de estar era super acolhedora e verdadeiramente confortável, com vários tapetes, pufes e almofadas espalhados e até um projetor usado para sessões de cinema entre amigos. Todos os quartos eram suítes e, além do seu, havia mais três, destinados aos hóspedes, todos muito confortáveis e com uma decoração caprichada.

Tomamos café com Victor e seus outros três amigos, Thomás, Gabriel e Lúcio, todos de boas famílias de Brasília e que tinham estudado no mesmo colégio. A conversa estava animada, falamos sobre a capital, sobre política e até sobre o mercado editorial. Gabriel era designer e já tinha feito algumas capas de livros quando ainda trabalhava como freelancer. Em um momento, Fernando virou-se para mim e perguntou se eu gostaria de ficar hospedada com Victor em sua casa durante o restante da nossa viagem. Naquele momento eu nem me dei conta de que ele poderia, e deveria, ter feito essa pergunta em particular. Não percebi que ali havia já um vestígio de um traço seu que eu viria a odiar. Ele me fez uma pergunta na frente de todo mundo, de modo que eu não pudesse recusar. Mas, naquele momento, aquilo me pareceu mais um de seus atos de cavalheirismo. Minha cabeça queria aceitar o convite, mas eu ainda precisava falar com Victor. E eu sabia qual seria sua resposta. Mas mesmo assim eu disse que iria pensar e conversar com meu amigo. Após o café, fui falar com Victor, em um canto do terraço onde ele fumava, para perguntar o que ele achava disso tudo.

Victor estava super empolgado e feliz por mim, enquanto eu ainda imaginava que aquilo seria apenas um amor de verão, como costumamos dizer, uma relação que só dura o tempo das férias. Ele disse então que eu poderia procurar confirmar isso com alguém que poderia me dar essa resposta, que tinha visto, em uma das lojinhas turísticas de Alto Paraíso, uma placa que dizia "Leitura de Tarô", e que poderíamos passar por lá, que ele também queria jogar o tarô, que nunca tinha feito e que poderia ser uma ótima oportunidade. Eu disse a ele que não tinha certeza se queria jogar, mas que poderia acompanhá-lo, já que tínhamos de ir a Alto Paraíso de todo jeito, nem que fosse para buscar nossas coisas. Falei com Fernando que iríamos até Alto Paraíso e que eu mandaria uma mensagem avisando sobre minha decisão. É óbvio que eu queria ficar lá com ele, mas tinha mil razões também para não ficar, e uma delas é que eu tinha acabado de conhecê-lo. Trocamos contatos e segui com Victor andando até o local da festa, onde ele tinha estacionado o carro.

***

Mal cheguei a Alto Paraíso e Fernando já tinha enviado uma mensagem dizendo que adorou a noite que passamos juntos e que gostaria que eu ficasse lá com ele; que seus amigos tinham falado muito bem de mim e do Victor. Não respondi imediatamente à mensagem, mas, dentro de mim, eu já tinha dito sim.

Eu e Victor fomos direto arrumar nossas coisas na pousada. Fizemos o check-out e sequer solicitamos reembolso. Ao sair do hostel, Victor estacionou perto da loja onde ele tinha visto o anúncio de consultas com o tarô. Desci do carro com ele, ainda sem a intenção de me consultar também. Não porque eu não acreditasse no tarô, mas talvez por receio do que ele teria a me dizer, eu não estava pronta para estragar aquele momento de euforia com qualquer tipo de reflexão. Resolvi que esperaria o Victor se consultar primeiro.

Na loja uma moça magra de cabelos longos e loiros nos recebeu. Perguntamos sobre o tarô e ela disse que estava disponível para uma consulta naquele momento, se quiséssemos, e explicou sobre os tipos de consulta e os valores. Victor entrou em uma salinha com ela, enquanto fiquei na loja aguardando. Era uma loja como tantas outras ali em Alto Paraíso: nas parateleiras, ametistas, quartzos rosas, obsidianas, turmalinas dos mais variados tamanhos e formatos; filtros dos sonhos feitos em macramê, miniaturas de alienígenas, bijuterias de pedras ou de miçangas, confeccionadas por indígenas da região, além de objetos místicos e decks de tarô. Olhei para o relógio e fazia quase meia hora que o Victor estava lá dentro. Quando ele saiu, estava com os olhos brilhando e um sorriso no rosto. A moça loira perguntou se eu gostaria de me consultar também, e eu tive que dizer sim devido ao olhar insistente do Victor.

Entramos em uma salinha que cheirava a incenso de palo santo e era repleta de cristais. No centro da sala havia um tapete de motivos orientais e, sobre ele, uma mesa baixa de madeira rodeada por grandes almofadas que pareciam muito confortáveis. O que me chamou a atenção foi que, em sua sala de consultas, na parateleira de livros, a cartomante tinha uma pedra diferente de todas as outras que estavam à venda, de um brilho verde quase que incandescente. Me perguntei se seria um pedaço de césio 137 do acidente radioativo que ocorreu em Goiânia nos anos oitenta. Mas quando a moça começou a falar, percebi que ela tinha um sotaque estrageiro.

Nos acomodamos nas almofadas e, antes de começar, ela fez um tipo de oração em uma língua que não reconheci. Ela tinha os olhos fechados e, dessa forma, pude observá-la melhor; percebi as finas linhas de expressão em seu rosto e os pequenos sinais de maturidade na pele do pescoço e do colo. Era uma daquelas pessoas que poderiam ter entre vinte e cinquenta e oito anos. Enquanto ainda recitava o cântico ininteligível, pegou um pedaço de palo santo e começou a passar ao redor de si mesma e, em seguida, de mim. Aquela fumaça me relaxou, ou talvez tenha feito baixar minha pressão; tive vontade de deitar naquelas almofadas e ficar ouvindo a oração que ela cantava, mas resisti. Passados alguns segundos, que pareceram horas, ela abriu os olhos e perguntou o que eu queria saber do tarô.

Refleti por alguns segundos antes de dizer que queria perguntar sobre o que me aconteceria em um futuro próximo. Contei sobre os meus planos de tentar ingressar em um mestrado, ainda naquele ano, e de tentar fazer um intercâmbio na França. Ela sorriu e eu pude finalmente adivinhar que seu sotaque era francês. Também falei que tinha acabado de conhecer um rapaz de quem gostei muito e ela disse que poderia fazer dois jogos diferentes, um sobre o contexto profissional e outro sobre o amoroso. Ela fechou os olhos por alguns segundos, com as cartas entre as mãos, antes de começar a embaralhar. Enquanto o fazia, explicou que aquele era o seu deque preferido, chamado de Tarô Smith-Waite, mas que na verdade, durante anos, chamou-se Rider-Waite. Contou-me sobre a artista que desenhara as cartas, Pamela Colman Smith, que tinha feito parte da Ordem Hermética Golden Dawn, mas que teve seu trabalho ofuscado pelo inventor do baralho, o místico Edward Waite. Das injustiças às quais as mulheres são submetidas todos os dias, de ter seus nomes apagados da História. Fizemos primeiro o jogo profissional. Não lembro quais cartas saíram, mas lembro que ela disse que eu deveria continuar com meus planos de fazer mestrado, que eles tinham tudo para dar certo, e que, logo em seguida, eu conseguiria o trabalho com o qual sonhava. Em seguida, ela embaralhou novamente as cartas e as dispôs de uma maneira diferente para poder falar sobre a minha vida amorosa, e dessa vez eu lembro das cartas que saíram, embora não exatamente a posição de cada uma. A que mais me chamou a atenção, e me assustou ao mesmo tempo, foi a imagem de um homem deitado de bruços na areia da paraia, sob um céu negro, com dez espadas enfiadas em suas costas. Vendo minha aflição, a moça me explicou que essa carta não era a pior de todas, que significava o cansaço após uma longa batalha, da qual eu sairia vencedora, apesar de tudo. Afinal de contas, eu era a Dama de Espadas no jogo, tinha sangue frio para tomar as melhores decisões e lutar pelo que eu sonhava. A Rainha de Espadas contava com a carta da Força, que mostrava uma mulher usando as próprias mãos para domar um leão. O jogo mostrava também a carta dos amantes, que ela me explicou que era uma pessoa dividida, que precisava tomar uma decisão. Naquele momento, interpretei a parte negativa do jogo como se Fernando já tivesse alguém, mas mesmo assim decidi pagar para ver. A tiragem de cartas transcorreu tranquilamente, ela era muito paciente e didática, me explicou todas as dúvidas que eu tive no momento. Mas o que me intrigou foi o que aconteceu em seguida, e que parecia não fazer parte do pacote: ela parou o que estava fazendo como se tivesse esquecido o que deveria fazer, seus olhos, que já eram verdes, ganharam um brilho diferente, que parecia o mesmo daquela pedra estranha que decorava uma de suas parateleiras. E então, fixando um ponto vazio no chão da sala, começou a repetir sem parar a mesma palavra, cujo significado eu nunca consegui compreender: "ANTIRUZ". Eu fiquei muito assustada, sem saber se deveria tentar acordá-la do transe ou se deveria buscar ajuda, mas antes que eu pudesse decidir o que fazer, ela voltou a si, como se nada tivesse acontecido, e seguimos para fora da sala. Ao encontrar Victor percebi que ele estava impaciente para falar comigo sobre como tinha sido a sua leitura. Eu ainda tentava compreender o que tinha acontecido na minha, quais seriam os desafios que eu teria que enfrentar em relação ao Fernando, e, mais do que tudo, o que diabos aquela mulher tinha falado no meio do transe. Queria perguntar ao Victor se aquilo também tinha acontecido durante sua consulta. Nos despedimos da moça, que continuava agindo como se tudo estivesse normal, pagamos as consultas, o Victor ainda comprou uns cristais e incensos e finalmente entramos no carro. Deixei que o Victor começasse a falar, já que ele estava empolgadíssimo, pois tinha perguntado sobre sua carreira de escritor, e ela disse que ele teria muito reconhecimento. Fiquei feliz por ele, e esperei que terminasse de falar para eu poder começar. Eu já nem me preocupava tanto com o que a cartomante tinha dito durante seu estado normal, eu queria falar sobre o seu transe e, quando contei a Victor e perguntei se algo parecido tinha acontecido enquanto ele estivera na sala com ela, ele disse que não, que tudo tinha transcorrido normalmente. Nos perguntamos o que poderia significar "antiruz", até que começamos a falar sobre os próximos dias na Chapada dos Veadeiros, visto que teríamos que mudar algumas coisas no nosso itinerário por estarmos hospedados na casa de Fernando.

Deixamos o assunto do tarô de lado, mas ele não saía da minha cabeça. Não apenas a palavra estranha que a cartomante tinha dito em estado de transe, mas também o que ela tinha dito sobre o Fernando, que poderia haver problemas. Era exatamente por isso que eu não queria ter feito a consulta, eu sabia que poderia terminar com mais dúvidas do que certezas, mas agora minha decisão de ir para a casa dele estava tomada, eu já estava a caminho e não queria mudar de ideia no meio da estrada, até porque já tínhamos deixado a nossa antiga hospedagem. E eu não queria ter que dizer a ninguém que eu estaria voltando atrás baseada em uma consulta com o tarô que disse que eu poderia ter problemas se me relacionasse com Fernando. Enfim, eu não deveria sequer estar cogitando voltar atrás, mas hoje eu vejo que era o que eu deveria ter feito. Se naquele momento, em que minha intuição gritava no meu ouvido que eu deveria voltar para o hostel com o Victor, que eu não deveria me arriscar dessa forma, indo para a casa de um estranho, tudo teria sido diferente. Por mais que o Fernando fosse um cavalheiro, ou pelo menos era essa a impressão que ele passava, a gente é ensinada desde pequena a não falar com estranhos e não confiar neles, e eu estava fazendo tudo errado, eu sabia que estava fazendo tudo errado e eu continuava a fazer, mesmo que meu coração me mandasse parar e voltar atrás. Lá estávamos eu e Victor indo em direção ao nosso destino, ao trágico destino para o qual caminhamos voluntariamente, sem que ninguém nos obrigasse e apesar de todos os sinais.

8

Michel acordou mais uma vez antes do nascer do sol por conta de um pesadelo. Eram cada vez mais constantes e vívidos, como se fossem filmes a que pudesse assistir durante o sono. Sempre que despertava deles, era impossível voltar a dormir. Resolveu abrir uma lata de cerveja. Na manhã seguinte seria a coletiva de imprensa para falar sobre a investigação do incêndio na Notre Dame e ele estava ansioso porque não havia nada de concreto a dizer, não havia causa definida para o incêndio. Sentou-se no sofá para anotar o pesadelo da última noite.

Paris, 5 de maio de 2019: O mesmo padre que tem aparecido em todos os sonhos desde o incêndio está sozinho na nave de uma igreja medieval, que não consigo identificar. A Terra parece girar mais rápido, o que faz com que o sol atravesse os diferentes vitrais da catedral, formando símbolos no chão. Vejo o padre de costas e, quando ele se vira, no lugar de seus globos oculares existem duas chamas, semelhantes a lampiões de gás. Quando ele abre a boca, sua língua é uma cobra imensa que tenta me atacar. Acordo assustado. Tentei desenhar os símbolos, mas eles apareciam e desapareciam rapidamente, acho que não conseguia ser muito preciso.

Michel desenha alguns símbolos dos quais consegue se lembrar e percebe que eles se assemelham aos símbolos da Bretanha: três espirais que saem de um centro comum, além de outro desenho que se assemelha ao desenho da bandeira Bretã. Michel lembrou-se das aulas na escola, nas quais aprendeu os significados da bandeira e seu lema: "prefiro a morte à corrupção". Riu sozinho, porque constatou que talvez estivesse com saudades de casa. Olhou o relógio, mas ainda estava muito cedo para ligar para a avó. Fora criado por ela após a morte de seus pais em um acidente de barco, e sofria por cada minuto que passava longe dela. Telefonaria depois da coletiva de imprensa. Quem sabe até poderia passar alguns dias em L... depois que as coisas se acalmassem na investigação. Mas para isso, precisava trabalhar duro. Foi surpreendido pelo toque do telefone. Àquela hora da madrugada, só poderia ser François-Xavier com alguma novidade.

Falaram por cinco minutos. Tinham o resultado dos exames de DNA do corpo encontrado em Notre Dame, e que ainda continuava mantido em segredo. Um padre da cidade de Saint-Jean-Trolimon na Bretanha, onde sua avó morava. Ele estava afastado das atividades clericais por problemas de ordem psicológica, segundo a chefia da paróquia local, e desde então deixou sua residência e sumiu do mapa. O chefe de polícia disse que enviaria a ficha completa e o relatório dos médicos legistas em um envelope que seria deixado na sua caixa postal até às sete da manhã, porque pensava que por e-mail as coisas poderiam vazar mais facilmente.

Michel ficou intrigado com a chegada dessa informação de que o padre morto vinha da Bretanha, logo após o seu sonho com os símbolos da região. Ele sabia que seus sonhos não eram simples sonhos, que desde pequeno muitos dos símbolos que lhe apareciam durante a noite acabavam por tomar um sentido no mundo real, mas tinha medo de tentar buscar os sentidos verdadeiros porque isso já tinha rendido até uma suspensão em seu trabalho. Ele tentava não misturar as coisas, mas muitas vezes era como se os mortos, cujos corpos ele encontrava nas piores condições possíveis em cenas de crimes, quisessem vir contar como tudo aconteceu. Tentou afastar esses pensamentos, decidiu que marcaria uma sessão extra com sua terapeuta e uma consulta com um psiquiatra. Quando tomava remédios para dormir quase nunca tinha sonhos. Abriu outra cerveja para esperar o envelope. Teria que descer várias vezes para verificar a caixa postal, mas cairia bem um pouco de exercício. Abriu a janela para sentir a brisa fresca da madrugada. Já começava a esquentar naquela época do ano, os dias eram mais longos e até as pessoas pareciam mais gentis. Acendeu um cigarro e não demorou muito para ver a moto que se aproximava de seu prédio para encostar na calçada por alguns segundos, tempo suficiente para que o rapaz que a pilotava deixasse um envelope pardo em sua caixa postal. Estava liberado do exercício matinal.

***

Michel desceu para buscar o envelope enviado por François--Xavier. Estava ansioso para ler o relatório e, finalmente, saber mais detalhes sobre o tal padre, que era o principal suspeito de ter provocado o incêndio em Notre Dame. Desceu as escadas quase correndo e subiu de volta no mesmo ritmo, a despeito dos seus pulmões de fumante. Entre os papéis que encontrou, havia, além do relatório do legista, alguns documentos que atestavam os bons antecedentes do padre, que era de origem austríaca, mas que vivia em Saint-Jean--Trolimon há dois anos. E qual não foi a sua surpresa quando, ao deparar-se com a foto contida no relatório, viu o mesmo rosto que o assombrava em seus pesadelos. Michel deixou a mão que segurava os papéis pousar sobre o regaço e, com a outra, enxugou uma gota de suor que escorreu pela testa, apesar do ar fresco da manhã de primavera que entrava pela janela aberta. Acendeu um cigarro e abriu uma terceira lata de cerveja. Em algumas horas teria uma coletiva de imprensa na qual teria que esconder toda a verdade que conhecia e falar apenas das evidências que tinha encontrado em seu trabalho de perito, ou seja, quase nada. Ainda não tinham descoberto como o incêndio começara. Sentia de longe a pressão à qual ele e sua equipe seriam submetidos. Podia imaginar os recados do presidente questionando a eficácia das investigações, além de toda a pressão popular. Pegou o telefone para falar com o chefe da polícia, mas acabou telefonando para sua avó, que costumava acordar com o nascer do sol.

9

Os dias que eu e Victor passamos na casa de Fernando foram perfeitos, como se a vida fosse um filme romântico, no qual a mocinha e o mocinho se encontram e tudo parece se encaixar, tudo parece fácil, lógico, um encontro de duas peças que só precisavam uma da outra para finalmente serem uma coisa só, completa. Não precisávamos fazer nenhum esforço para nos encaixarmos, tudo era muito natural: as conversas, os gostos e preferências, até as frases ditas por coincidência ao mesmo tempo, como nos clichês. Mesmo assim, o Fernando insistia em grandes gestos para me impressionar. Eu deveria ter entendido que aquela megalomania era um sinal de alerta. Principalmente depois, quando os grandes gestos tornaram-se pedidos de desculpas para seu comportamento duvidoso, seus ciúmes exagerados. Mas no início da relação nunca damos ouvidos à nossa intuição, nunca nos atentamos para os sinais de alerta, só enxergamos a beleza das coisas. E era muito difícil não enxergar a beleza do Fernando. Eu acordava todos os dias com café da manhã pronto, ele ouvia atentamente tudo que eu contava, por mais maçante que fosse a história, ele dava igual atenção a Victor e parecia não se importar com o fato dele ser gay. Coisas que deveríamos considerar como mínimas, eu achava o máximo no Fernando. Ao final de uma semana, eu estava completamente apaixonada e ele também, ou ao menos parecia estar. Na última noite que passamos juntos, eu quis sanar todas as dúvidas que me atormentavam por conta do jogo de tarô que, até aquele momento, tinham a ver com o fato de eu achar que ele já tinha outra pessoa em sua vida. Ele disse que estava solteiro há um ano, e garantiu que não tinha ninguém além de mim. Também conversamos sobre a distância, e ele me disse que isso não seria um problema, pois sempre ia a São Paulo, onde tinha muitos clientes e, quando eu quisesse, poderia ir a Brasília visitá-lo, sem precisar me preocupar com dinheiro, ele compreendia que eu estava em início de carreira, seria tudo por conta dele. O que hoje me assustaria, na época me fascinou. Lembra como eu me assustei quando você disse que queria ir para o Brasil comigo? Talvez nessa época eu já estivesse começando a ficar um pouco mais arisca, mais madura e mais consciente dos perigos da vida. Mas depois do que você me fez, eu acabei caindo de novo nos braços do Fernando, o que é assunto para mais adiante. Agora é madrugada e já faz um pouco de calor. Estavam comentando hoje no trabalho que a Notre Dame pegou fogo. Lembra daquele dia em que fomos na Shakespeare and Co. e você disse que a catedral de L... era mais bonita que a Notre Dame, e quando me mostrou a foto eu cuspi o café de tanto rir? Me desculpa, mas aquela igreja é horrorosa. Eu sei que você ficava super chateado quando eu parecia querer te ofender com essas coisas, mas eu não fazia de propósito. A igreja é feia, sim, mas não significa que eu não dê valor ao que você gosta. Como naquela vez em que você me serviu café numa xícara com o símbolo da Bretanha e eu pensei que fosse uma caneca do desenho animado Avatar. Até hoje eu rio sozinha da sua cara ofendida, eu apenas não conhecia o símbolo. Mas eu sei muito bem o que é esse sentimento de amor à cidade natal porque eu sou de Recife, e lá também somos muito orgulhosos das nossas origens e da nossa cultura. Eu tentei te explicar isso, mas acho que você pensava que eu falava certas coisas só para te agradar, mas não era bem assim. Eu queria muito ter te mostrado cada pedaço da cidade que eu amo, e te odiei muito por não estar lá comigo em alguns momentos, e te odiei ainda mais depois que vivi as consequências de todas as escolhas erradas que eu tomei na minha vida e que sua presença poderia ter evitado. Mas você também não podia prever nada, quem sou eu para te culpar? Se existe mesmo esse negócio de destino, acredito que esse era o meu, afinal as coisas aconteceram por meio de eventos inesperados que foram se encaixando sem que ninguém pudesse deter o fluxo. Quem sabe também fazia parte do destino da Notre Dame pegar fogo um dia... Talvez o destino dos grandes monumentos seja esse mesmo, de mostrar que tudo tem um fim e que todo fim pode vir a ser um recomeço...

10

Depois da coletiva de imprensa, Michel foi chamado para uma conversa privada com o chefe de polícia em seu apartamento, único local onde não poderiam ser vigiados de nenhuma forma. Michel estava ansioso por essa conversa, porque precisava contar para o chefe sobre os sonhos que tivera com o homem morto em Notre Dame, mesmo sabendo que encontraria resistência de sua parte a respeito do assunto, como da outra vez.

— Michel, cara, de novo essa história? A gente já te mandou para reabilitação, você levou até choque, isso não te ajudou? Você tem terapeuta, psiquiatra, todo mundo à sua disposição, porque a gente precisa de você bom da cabeça, você é o melhor perito da região, você tem sangue frio, mas quando vem com essas conversas de sonho, não dá, qual é o juiz que vai levar sonhos em consideração como provas de um crime? Eu sei que da outra vez você estava certo, mas quem garante alguma coisa? Pode ter sido coincidência e pronto. Você tem que se preparar para as perguntas dos jornalistas, eles vão pular na nossa jugular, e a gente ainda não tem nenhuma resposta concreta.

Michel já esperava aquela reação e ouvia calmamente as considerações do seu chefe. Ele tinha razão; juridicamente, seu depoimento nunca teria valor, e até agora seus sonhos não davam nenhum indício, mostravam apenas cenas que pareciam acontecer em uma outra época, como um flashback de filme em tons de sépia. O mais importante agora era se concentrar na coletiva de imprensa que aconteceria dali a duas horas, seu chefe tinha razão. O trabalho da perícia transcorria num ritmo normal, mas a dimensão do incidente dava a impressão de que a investigação era muito lenta. e, de certa forma, eles estavam em uma sinuca de bico, porque caso constatassem que tinha sido um curto-circuito ou coisa que o valha, teriam que lidar com esse choque com a gestão atual da administração da Igreja, porque poderiam acabar constatando que o incidente ocorreu por falta de manutenção adequada em Notre Dame, mas se realmente aquele padre tivesse tocado fogo em tudo, teriam que abrir uma investigação criminal, o que levantaria as saias de todos aqueles padres da região e até do Vaticano. De qualquer forma eles estavam fodidos, então manter tudo em segredo, naquele momento, era o melhor a se fazer.

Depois de ouvir uma ladainha de meia hora do chefe, Michel desligou o telefone e começou a refletir sobre o que sua avó dissera, de que o morto estava tentando se comunicar com ele. A avó de Michel, Hélène Le Goff, era professora de piano aposentada, mas também uma especialista em ervas, conhecia todas as suas propriedades curativas. Adorava pedras, amuletos, tarô, tai chi chuan e toda sorte de misticismo, oriental ou ocidental. Quando ainda era casada com seu falecido marido, um diplomata, moraram por um tempo na Índia, onde ela chegou a fazer retiros de Yoga, e dizem até que fez parte de ordens esotéricas secretas. Ela vivia em L..., na Bretanha, em uma casa enorme, onde Michel fora criado após a morte de seus pais. Os dois viviam sozinhos, mas era comum que sua avó recebesse jovens moças em sua casa, que normalmente chegavam aflitas, chorando, e saíam de lá com o espírito renovado. Michel demorou a entender que eram jovens que tinham feito um aborto, e que precisavam de cuidados, longe da vigilância de suas famílias, ou ainda que fugiam de agressões em casa e precisavam de abrigo temporário.

Michel decidiu que deveria partir para a Bretanha. Falaria com seu chefe após a coletiva de imprensa para ir a Saint-Jean-Trolimon investigar sobre o padre desaparecido. Se ele não conseguia controlar a comunicação com o morto, poderia ao menos buscar indícios do que ele fez em vida e que pudessem explicar as razões que o levaram a morrer ali. Mas antes, deveria visitar a avó, que poderia ajudá-lo a compreender o significado dos sonhos para que ele pudesse começar a ligar os pontos. Tomou um banho rápido, escovou os dentes e pôs uma pastilha na boca para disfarçar o cheiro da cerveja.

***

A coletiva aconteceu na sede da polícia e, antes de encarar os jornalistas, Michel reuniu-se com o assessor de imprensa e com seu chefe, além da equipe de peritos, que foram instruídos sobre o que deveriam ou não falar durante a entrevista. Apesar da pressão, tudo correu bem, até então nada parecia ter vazado sobre o corpo encontrado em Notre Dame, então só se falava em manutenção, curto-circuito e na possibilidade de um incêndio acidental. Após a coletiva, Michel foi à sala do chefe de polícia, onde expôs o seu plano de investigação, sem mencionar que falaria com sua avó sobre comunicação com os mortos. Teve aprovação imediata de seu chefe, que lhe deu carta branca para investigar o passado do padre. Mas ele também queria falar sobre outro assunto e propôs a Michel que saíssem dali e fossem para um café. Pegou uma pasta e seguiu com Michel para o lugar, que ficava a poucos metros da sede da polícia, onde sentaram em uma mesa na parte interna, que estava vazia, visto que nessa época do ano a maioria das pessoas preferia comer no terraço.

François-Xavier tirou da pasta de couro um maço de papéis, que continha a íntegra do relatório do médico legista; entregou os papéis a Michel, pedindo que lesse com calma durante sua viagem à Bretanha, e que tomasse muito cuidado para não perdê-los ou deixá-los à vista de alguém. O chefe de polícia tinha o ar pálido de alguém que acabara de comer e fora brincar em uma montanha-russa. Mesmo não sendo perito, queria entender o que acontecera naquela noite de quinze de abril em Notre Dame, queria saber de que maneira aquele padre tinha provocado o incêndio, mas o relatório que tinha em mãos, apesar do grande número de páginas, parecia inconclusivo. Precisava da ajuda de Michel para resolver este caso, para que alguma explicação lógica fosse capaz de conectar os pontos daquele enigma. Ao mesmo tempo, queria compartilhar com alguém de confiança a sensação de estar tateando no escuro e de guardar um segredo enorme.

A perícia do médico legista concluiu que o padre morrera por asfixia, causada pela fumaça da combustão de suas próprias roupas, o que é possível concluir pelo tipo de fuligem presente em seu sistema respiratório. O esmalte dos dentes da vítima estava danificado, indicando que a temperatura das chamas atingiu, pelo menos, seiscentos graus, o que é quase impossível para chamas pequenas em uma superfície pequena, como uma roupa. Seria necessário ainda cruzar todas essas informações com os dados coletados por Michel e sua equipe na perícia realizada no local do incêndio, mas apenas esses dois fatores já preocupavam François-Xavier o suficiente para que ele começasse a pensar em fazer algum tipo de retiro espiritual ao fim da investigação.

Michel também parecia intrigado com aquelas informações. Explicou que, através das marcas deixadas pelo fogo, era possível distinguir sua trajetória, que sua equipe concluiu ser vertical, ou seja, as chamas tinham começado de baixo, na altura do altar principal, o que indicava que provavelmente foi o padre quem o fez. O problema é que não havia indícios de substâncias inflamáveis como querosene, álcool ou gasolina, que pudessem facilitar o alastramento das chamas. Tinham cogitado também a hipótese de um acidente com uma vela ou algo do tipo, mas não foram encontrados vestígios de cera de vela em nenhuma das partes examinadas. François-Xavier completou a informação dizendo que no corpo, tampouco, tinham encontrado quaisquer sinais de combustíveis ou mesmo de algum material derretido, como o plástico de um isqueiro, por exemplo, que pudesse indicar algum meio através do qual aquele fogo poderia ter começado. Era como se ele tivesse nascido do nada.

François-Xavier coçou a cabeça e guardou o relatório novamente na pasta de couro, que entregou a Michel, fazendo-o prometer que, por ora, não compartilharia aquelas informações com ninguém, nem mesmo com sua equipe. Michel pagou pelos cafés direto no balcão e, ao sair, respirou fundo o ar morno da tarde. Observou as pessoas ao redor, sentadas no terraço do café, alheias a toda sorte de maluquice nas quais ele estava enterrado até o pescoço. A pasta que carregava parecia pesar uma tonelada. Mais tarde, no noticiário da noite, essas mesmas pessoas dos terraços veriam, em seus televisores, homens quase sorridentes declarando que, em breve, teriam uma conclusão sobre o incêndio em Notre Dame, podendo então permitir que a equipe de restauradores entrasse em campo. Em seguida, uma reportagem sobre incêndios, na qual um bombeiro daria dicas de como preveni-los, que poderiam acontecer em casa ou no trabalho, devido a uma pane elétrica, ou a uma vela deixada acesa por mera desatenção. E Michel seguiria carregando aquela pasta de uma tonelada que lhe fora jogada no colo de mau jeito, sem que ele pudesse dividir aquele peso com ninguém.

11

Após uma semana no paraíso, andando descalços e comendo fruta do pé, eu e Victor tivemos que voltar rapidamente ao ritmo intenso de São Paulo. Ele estava terminando de escrever seu primeiro romance, e ainda trabalhando como editor, enquanto eu começava a tradução de um romance, além de me preparar para a seleção do mestrado, que seria dali a poucos meses. Não parávamos de falar de como tínhamos gostado da Chapada dos Veadeiros, e de como seria um ótimo local para construir uma residência artística. Tínhamos visto recentemente a propaganda de um castelo na Itália que servia a tal finalidade. Durante o verão europeu, artistas e escritores se hospedaram por lá onde poderiam desfrutar de paisagens encantadoras e do isolamento da área rural da Toscana para buscarem inspiração para suas obras. Claro que não pretendíamos ter um castelo, mas um casarão antigo com vários quartos e salas grandes, onde pudéssemos instalar um ateliê e uma biblioteca, já estava de bom tamanho. Eu e Victor falávamos disso o tempo todo e acabei compartilhando meu sonho com Fernando, que achou uma excelente ideia e concordou que a Chapada poderia ser inspiradora para os artistas.

Nossa relação ia bem. Conforme prometido, ele fazia de tudo para que nos víssemos a cada semana; quando não podia passar o fim de semana comigo em São Paulo, dava um jeito de passar ao menos uma noite durante a semana. Mandava flores quase sempre, preferia os telefonemas às mensagens de texto; fazia planos de viagem para todos os feriados prolongados durante os cinco anos seguintes. Eu estranhava toda aquela atenção, mas ficava na minha. Passamos nossa vida inteira procurando um homem assim, que se pareça com os mocinhos dos romances de banca de revista, como eu poderia abrir minha boca para reclamar que ele me dava atenção demais, enquanto minhas amigas e colegas de trabalho viviam se queixando de seus companheiros? Então eu não reclamava, eu sequer permitia que as pequenas coisas que me incomodavam viessem à tona, porque todos ao meu redor diziam que eu tinha ganhado na loteria, que o Fernando era bonito, educado, culto, gentil, rico, tudo que uma mulher poderia querer. Mas eu sentia, lá no fundo, que algo nessa relação me sufocava, como pólen no começo da primavera.

Dois ou três meses se passaram e as coisas melhoravam para mim cada vez mais. Além da relação com o Fernando estar indo bem, ou pelo menos era o que eu tentava acreditar, eu tinha sido selecionada para o Mestrado e um dos livros que eu tinha traduzido há uns meses estava para ser finalmente lançado, com a presença do autor, que também iria participar de alguns eventos, como uma mesa na Festa Literária Internacional de Paraty, da qual eu também participaria, o que estava me deixando bastante ansiosa. Eu tinha conversado com a dona da editora algumas semanas antes e ele disse que gostava muito do meu trabalho e me perguntou se eu queria ser contratada, ou se preferia contar com a bolsa do mestrado e continuar trabalhando como freelancer. Fiquei com a segunda opção, que seria mais rentável, e também porque eu já pretendia me candidatar ao intercâmbio no segundo ano do curso; mas ela disse que gostaria muito de me ter na equipe de maneira permanente, e que poderia me contratar assim que eu finalizasse o mestrado.

Quando liguei para o Fernando para falar de todas aquelas boas notícias, apesar de me parabenizar, senti que havia um quê de frustração, ou de decepção em sua voz. Na hora, achei que fosse impressão minha, que eu tinha me equivocado, ou telefonado em um mau momento, mas hoje eu entendo que o meu sucesso o incomodava. Mas ele tratou de disfarçar o incômodo telefonando algumas horas mais tarde para informar que nos hospedaríamos na casa de um de seus amigos, em uma ilha próxima a Paraty, podendo nos deslocar de lancha até o evento todos os dias. Se eu quisesse, poderia também chamar o Victor para ficar conosco. Essa foi a maneira que o Fernando encontrou para controlar a minha vida, antecipando meus passos e se enfiando em cada circunstância da minha vida. Em nenhum momento, quando telefonei para falar da FLIP, *eu disse que o estava convidando para ir comigo. Aquela era a minha vida profissional, eu não queria que ele se intrometer, que ele cavasse um túnel que o possibilitaria acessar cada recanto da minha vida privada, mas era exatamente isso que ele fazia e eu não encontrava maneiras de expressar a minha insatisfação com aquela invasão toda. Eu só queria evitar qualquer tipo de conflito, então eu aceitava tudo que vinha dele, sempre acreditando em suas boas intenções.*

No mês seguinte embarcamos juntos para a FLIP. *Fomos de voo comercial até o Rio de Janeiro e lá o Fernando conseguiu me surpreender ainda mais, me levando de helicóptero até a ilha do seu amigo. Victor tinha decidido ficar no hotel junto ao pessoal da editora, mas depois disse que se arrependeu de não ter ido comigo porque adoraria ter passeado de helicóptero. Acho que ele mentiu para me consolar, porque a equipe da editora parecia se divertir bastante.*

Antes de ir a Paraty, eu tinha encontrado rapidamente o James, autor do livro que traduzi, em um evento de lançamento numa livraria em São Paulo. Ele era muito bonito, além de muito gentil e educado, o que facilitou ainda mais para que tivéssemos uma afinidade quase instantânea. Ele pareceu decepcionado quando eu disse que não ficaria hospedada no mesmo hotel que ele e a equipe da editora, mas garanti que nos encontraríamos diversas vezes durante o evento. No primeiro dia, após a abertura, toda a equipe se reuniu para jantar, e eu também fui com o Fernando. O James fez questão de sentar ao meu lado, então pudemos conversar bastante. Eu encarava aquilo da maneira mais natural possível, visto que já tínhamos nos correspondido na época em que traduzi seu livro, então eu era a pessoa com quem ele tivera mais contato naquele grupo.

Durante o jantar, Fernando disfarçou bem o seu incômodo em relação ao James, mas assim que chegamos em casa, ele explodiu de uma maneira que eu nunca tinha presenciado, o que me assustou. Primeiro, ele perguntou se eu já tinha "trepado" com o James para, em seguida, dizer que eu ficava me insinuando para ele igual a uma "vagabunda" e, quando eu comecei a chorar, ele pareceu se enfurecer ainda mais, dizendo que eu merecia ser tratada da maneira mais baixa possível. Como se já não bastasse toda a humilhação à qual ele me submetia naquele momento, Fernando foi até a sala de ginástica da casa, onde havia um daqueles bonecos usados para os treinos de artes marciais e começou a socá-lo e chutá-lo com toda força, ao mesmo tempo em que gritava os piores xingamentos contra mim, expelidos violentamente junto a respingos de saliva. Fui para o quarto e me tranquei lá, morrendo de medo que ele pudesse me agredir. Estávamos sós em uma ilha, eu não teria a quem pedir ajuda. Demorei a dormir achando que, a qualquer momento, ele poderia bater na porta e, quando a percebesse trancada, começaria a chutá-la também. Mas isso não aconteceu. Adormeci quando o sol já começava a se erguer no horizonte.

***

Sei que a essa altura você deve estar se perguntando porque eu continuei com o Fernando depois dessa cena violenta; eu também me pergunto. Mas, como você deve ter percebido, não era fácil fugir dele. O Fernando me cercava de todas as formas possíveis, de maneira que eu não conseguia dizer não a nada do que ele me pedia. Além do mais, uma coisa que entendi depois de um tempo, é que os homens violentos são exagerados em suas atitudes, tanto para o bem, quanto para o mal, então sempre que eles cometem uma violência, tentam compensar de alguma forma, e se o Fernando já era adepto dos grandes gestos para demonstrar seu afeto, imagine do que ele seria capaz para se fazer perdoar por uma merda desse calibre. Sem contar todas as outras coisas que dizem respeito à autoestima feminina, à maneira como somos educadas a acreditar que somos seres incompletos e a mensurar nosso valor de acordo com a apreciação masculina. Pela aprovação dos homens, mulheres sacrificam seus bens mais preciosos, é isso que as histórias de amor que aprendemos a consumir desde pequenas nos ensinam, e também que só o amor de um homem pode nos salvar dos perigos do mundo. De certa forma eu me sentia protegida e amparada pelo Fernando, e acho que esse é o caso de muitas mulheres. Eu pensava que poderia ser muito pior sem ele, que minha carreira era muito incerta, o mercado de livros vivia em constante flutuação, eu era uma freelancer que dividia um apartamento com o melhor amigo, enquanto minhas amigas do ensino médio, que tinham escolhido outras carreiras mais estáveis já estavam passando em concursos e se estabilizando na vida com seus namorados da época do colégio. Eu tinha medo que tudo desse errado para mim, e ter o Fernando, alguém que me apoiaria caso isso acontecesse, era um alento. Não que eu fosse interesseira, até porque eu gostava dele de verdade, ou ao menos gostava dessa segurança que ele me passava, apesar da sensação de sufocamento. Estar com ele era como vestir um colete salva-vidas inflável que nunca parava de inflar, que apertava cada vez mais, mas que ao menos era melhor que morrer afogada em um possível naufrágio.

***

Não consegui dormir muito naquela manhã, por razões óbvias. Além de toda a tensão relativa à briga, fazia um dia muito claro e eu não tinha fechado as cortinas. Levantei, fui ao banheiro da suíte, mas estava com medo de descer, sem saber em que situação eu encontraria o Fernando. Peguei meu celular e vi que Victor, James e meus colegas da editora estavam em um passeio de barco pelas ilhas. Tinham decidido ir de última hora e ainda tentaram me ligar para ir junto, mas eu não ouvi as ligações. Talvez tenha sido melhor assim, para não provocar mais ciúmes no Fernando, mas confesso que fiquei chateada de não poder aproveitar aquele dia de sol maravilhoso com pessoas de quem eu gosto.

Frustrada, larguei o celular na cama e resolvi que era melhor descer logo e encarar a realidade. Na pior das hipóteses, eu poderia deixar o Fernando e ir para o hotel com o pessoal, sei que tudo deveria estar muito lotado, mas eu poderia tentar pagar por um colchão extra no quarto do Victor. Mas quando desci, qual não foi a minha surpresa quando me deparei com uma enorme mesa de café da manhã, o cheiro de café moído que vinha da cozinha, queijos, croissants, torradas, geléias, ovos mexidos, frutas, além de uma música na voz de Elis Regina tocando ao fundo. Fui até a cozinha e me deparei com o Victor lavando a frigideira na qual tinha preparado os ovos. Ele virou-se para mim; tinha os olhos inchados de tanto chorar e, mesmo assim, não pôde conter as lágrimas ao me ver. Perguntou se podia me abraçar e eu, comovida, deixei. E é assim que funciona a manipulação emocional, da qual agora me dou conta com muita clareza, mas que, em momentos assim, é muito fácil se deixar levar pelo choro e pela comoção, ainda mais com todo o discurso de que o pai é um típico machão e que ele não quer ser igual a ele etc etc etc. Tomamos café, mesmo eu não estando com muito apetite. Ele comentou que tinha visto as fotos do Victor com o pessoal e que, se eu quisesse, poderíamos passar uma borracha no que tinha acontecido e ir encontrar os meus amigos, que ele conhecia o itinerário desses passeios de barco e que não seria difícil encontrá-los. Fiquei feliz diante da perspectiva de me divertir com eles e aceitei a proposta de Fernando. Subi, tomei um banho rápido, coloquei o biquíni e uma saída de praia, arrumei algumas coisas em uma mochila e seguimos na lancha do amigo dele, que estava ancorado em um dique na praia. Em vinte minutos chegamos a outra ilha, onde havia uma escuna de aluguel atracada. De longe eu vi James saltando no mar. Fernando me olhou e disse que estava tudo bem, me pediu desculpas por ser tão impulsivo e que cenas como aquela não se repetiriam. Mas elas sempre se repetem.

Victor nos viu e acenou de longe. Cinco minutos com ele e nossos amigos me fizeram quase esquecer de toda a merda da noite anterior. Fernando tinha trazido uma caixa térmica com cerveja na lancha, que ele tinha pilotado para chegarmos à outra ilha, mas que na volta seria pilotada pelo marinheiro que estava à nossa disposição. Passamos algumas horas muito agradáveis e eu percebi um esforço do Fernando não só para me agradar, como também para se integrar, tanto com os meus colegas quanto com o próprio James, a fim de evitar outras situações como aquela da noite anterior.

De maneira geral, o restante da viagem foi maravilhoso. A mesa na qual participei com James foi excelente, fiz alguns contatos muito bons graças a ela. Tivemos um jantar divertidíssimo na casa onde eu estava hospedada com Fernando, no qual todo mundo da editora compareceu. No entanto, no domingo, antes de voltarmos para São Paulo, eu e Fernando tivemos uma conversa um pouco difícil. Ele admitiu sentir ciúmes, mas disse que a maneira como eu agia com outros homens é que os provocava. Disse que eu era muito aberta e que alguns homens poderiam confundir minha atitude com um convite para o flerte. Que eu deveria agir de maneira mais seca com eles. Que os homens tinham um instinto natural de predadores e viviam à espreita de uma presa fácil como eu. Eu sinto um ódio imenso, hoje, ao me dar conta de que eu realmente me senti culpada e dei razão a todos os absurdos ditos pelo Fernando naquele dia. Eu acreditei que era minha culpa o fato do James se afeiçoar a mim, que eu tinha provavelmente dado abertura para que ele se aproximasse com segundas intenções, o que nem era o caso na realidade, e que eu tentava, mesmo que inconscientemente, seduzir os homens ao meu redor. Voltei para casa sentindo uma culpa enorme e prometendo a mim mesma vigiar o meu próprio comportamento.

12

Algumas semanas depois da viagem a Paraty, Fernando continuou fazendo de tudo para tentar me agradar, como para mostrar que o meu bom comportamento valia a pena. Enviou-me um colar de presente, um cordão de parata com um pingente de cristal lapidado. Fez uma aparição surpresa no meio da semana, quando me levou para jantar em um restaurante caríssimo, com estrela Michelin e tudo. Àquela altura eu já estava quase enterrando o que tinha acontecido, e comecei a me policiar na presença de outros homens, mesmo dos meus colegas de trabalho. Esse é o grande trunfo dos homens manipuladores, nos convencer de que nós, mulheres, somos as verdadeiras culpadas pelo comportamento deles em relação a nós. O homem sempre tem razão, afinal é tão difícil conseguir um bom namorado ou marido, que acabamos por nos submeter aos caprichos daqueles que têm a bondade de nos aceitar como companheiras. Eu sempre achei que eu era independente e bem instruída a ponto de não me permitir passar por uma relação abusiva, que eu era imune a isso. Mas nenhuma mulher está a salvo. Por mais bem instruídas e bem educadas que sejamos, qualquer mulher é uma vítima em potencial.

Passamos meses em paz e, nesse meio tempo, com a proximidade das festas de fim de ano, Fernando sugeriu visitarmos as famílias um do outro. Marcamos um fim de semana para que eu fosse com ele a R., em Goiás, onde seus pais moravam em uma das fazendas da família. Fiquei encantada com o lugar. A casa principal era enorme, em estilo colonial, branca com detalhes azuis. Azulejos portugueses decoravam a larga varanda que, como a casa de Fernando em São

Jorge, tinha uma enorme mesa de madeira rústica para acomodar as refeições em família. Sua mãe, Teresa, nos recebeu com alegria no final da tarde de uma sexta-feira. Era uma mulher na casa dos cinquenta anos, mas que não aparentava a idade que tinha. Alta e esbelta, tinha mãos extremamente delicadas, como qualquer pessoa que nunca precisou trabalhar na vida. Aquilo me chocou e me entristeceu um pouco, pois não conseguiria me imaginar sem trabalhar, vivendo como uma dondoca.

 O pai de Fernando, Joaquim, chegou em casa em torno das sete da noite. Embora fosse um pouco mais calvo e ostentasse um bigode, dava para perceber a semelhança entre os traços dele e de Fernando. Também na faixa dos cinquenta anos, Joaquim exalava força e vitalidade. Era alto e esbelto, vestia calça jeans com uma camisa de botão de manga curta e trazia uma pasta de couro pendurada na mão, quando adentrou na sala de visitas. Diferente dos estereótipos de fazendeiros que conhecemos, ele não usava um chapéu de peão ou um cinto com uma fivela de parata gigante; ele mais parecia um contador. Mais tarde, descobri que era, de fato, formado em contabilidade. Assim como o filho, saiu jovem da fazenda para fazer os estudos em uma cidade grande, mas no seu caso não fora Brasília e sim Goiânia. Se o velho Joaquim, seu pai, já tinha uma boa visão para os negócios, mesmo sem ter uma educação formal, o filho era ainda mais esperto e contava com o trunfo do conhecimento acadêmico. Apenas dez anos depois de assumir os negócios do pai, depois de sua morte, ele já tinha conseguido multiplicar em mais de dez vezes o patrimônio da família.

 Essa história eu ouvi do próprio Joaquim naquela noite durante o jantar. Ele tinha mandado assar um leitão à pururuca, que estava delicioso; arroz com pequi para acompanhar, além de salada, feijão tropeiro e, de sobremesa, alguns doces e compotas preparados pela cozinheira da fazenda, uma preta velha chamada Rosa, que usou frutas colhidas do pé. Depois do jantar, fomos *tomar um aperitivo na varanda. Joaquim optou por um café misturado com conhaque; eu me servi de um pouco de licor de pequi com chocolate, no que Teresa me acompanhou. Fernando estava tomando um pouco de água com gás. Ele parecia ansioso com algo. Foi aí que Joaquim terminou seu café, deu um trago em seu charuto e chamou Fernando para conversar no escritório, onde se trancaram. Na época fiquei com receio de que estivessem falando sobre mim, mas hoje sei que falavam de esquemas envolvendo clientes importantes. Fiquei conversando amenidades com Teresa, enquanto ela tomava um chá.*

Depois de duas horas, Fernando saiu do escritório com o semblante carregado, mas não quis comentar sobre o que tinham falado, e eu também não insisti. Ele disse que, na manhã seguinte, pediria para um dos peões apear uma égua para mim, para podermos dar uma volta e conhecer a fazenda. Fomos para uma suíte no primeiro andar, onde ele logo adormeceu, enquanto eu fiquei lendo um livro, mas ainda um pouco preocupada com o seu semblante após a conversa com o pai.

***

Na manhã seguinte fomos cavalgar, conforme combinado na noite anterior. Era a segunda vez que eu fazia aquilo na vida, portanto não estava muito familiarizada com os cavalos. Mas a égua que eu montei era bastante dócil e aquilo me fez ir perdendo o medo aos poucos, e Fernando seguia o meu ritmo, um trote leve, enquanto contemplávamos a paisagem. Fazia um dia lindo, muito quente e ensolarado. Perguntei a Fernando porque ele parecia preocupado na noite anterior após conversar com o pai. Ele respondeu que eram coisas dos negócios da família, que não adiantaria ele explicar porque eu não iria entender. Eu falei que não era burra, mas ele mudou de assunto e disse que iríamos até uma cachoeira.

Passamos um dia bastante agradável e o banho nas águas frescas renovou minhas energias. Voltamos para casa perto das cinco da tarde, bem a tempo de tomar um café fresquinho com pão de queijo, bolo de milho, entre outras iguarias.

O fim de semana com os pais de Fernando foi bastante agradável, apesar de eu achar que as relações humanas naquela família eram meio rasas, travadas até, a começar pela mãe de Fernando, que era muito cordial e nada mais, inclusive com ele, que ficou bastante surpreso com a maneira calorosa com que foi recebido pela minha família. Passamos o natal com eles e o ano-novo com nossos amigos em São Jorge. Esse foi um período de paz, em que eu realmente acreditei que as coisas dariam certo entre nós e que aquele episódio em Paraty tinha sido um caso isolado que ficou para trás. Mas começaram as aulas no mestrado, e tudo desandou mais uma vez.

Fernando tinha ciúmes dos meus colegas, do meu orientador. Me acompanhava aos congressos e colóquios sempre que podia e, quando não podia, me pressionava para não comparecer. Ele não confiava em mim, apesar de eu fazer de tudo para me "comportar bem", e coloco aqui aspas porque nada disso tinha a ver com meu comportamento ou meu caráter. Fernando me enxergava como sua propriedade e nada do que eu fizesse poderia mudar isso. Ele tinha tomado posse do meu corpo e lhe causava um horror enorme que qualquer outro homem tentasse fazer o mesmo, tanto quanto seu pai temia que suas terras fossem invadidas pelos trabalhadores do mst, *e por isso ele usava da força bruta para defender suas fazendas, tinha jagunços espalhados por toda parte, além de sempre encontrar um jeito de subornar alguns políticos para reforçarem o policiamento nos locais próximos às suas propriedades. Acho que Fernando faria o mesmo comigo, se pudesse, mas nesse caso ele agia diretamente sobre o meu psicológico para garantir a minha integridade física e, consequentemente, sua honra masculina.*

Sinto até náuseas quando utilizo estes termos dessa maneira, tem algo de muito sujo e muito anacrônico em toda essa história, mas acho que serve de lição para todas as mulheres que pensam que são livres e que todos os nossos direitos estão garantidos, quando muitos homens ainda nos enxergam como territórios colonizados.

Quando me inscrevi no programa de mestrado sanduíche na universidade, ele não estava sabendo. Eu já estava saturada das cenas de ciúme, das desconfianças e do sentimento de posse sobre mim. No começo de junho, quando recebi o resultado, ainda assim não contei nada. Eu tinha cerca de dois meses para me organizar, pois iria no começo de setembro, antes das aulas começarem, e nesse meio tempo eu tinha que arrumar forças para terminar essa relação tóxica e fugir para Paris, em direção à minha liberdade, tudo teria que ser no timing perfeito para não dar margem aos seus apelos, às suas chantagens. Uma semana antes de viajar eu iria para Recife, de onde saia meu voo, para me despedir da minha família, mas ele não precisava saber do meu itinerário. Marcamos de jantar durante a semana, um dia antes da minha viagem para Recife. Até então eu fingia que tudo estava bem para não provocar atritos, pois eu temia sua reação caso eu desse a entender que queria terminar.

No dia combinado jantamos e eu esperei o final da refeição para dizer tudo a ele. Falei que passaria um tempo fora do Brasil, que precisava terminar nossa relação por isso e também porque eu não aguentava a maneira como ele me tratava. Avisei que trocaria de número de telefone e que ele não deveria procurar ninguém do meu círculo de amizades em busca de informações. Para minha surpresa, ele não disse nada. Pagou a conta do restaurante calmamente e saiu, deixando apenas uma caixinha com um anel em cima da mesa. Até hoje não consigo definir como me senti naquele momento: estúpida, idiota, enganada. De alguma forma ele sabia dos meus planos e tinha se preparado para me chantagear com aquele anel, afinal eu tenho certeza de que ele não tinha planejado me pedir em casamento em um jantar qualquer num restaurante da Vila Mariana em plena terça-feira. Pelo menos eu sei que o Fernando não faria as coisas dessa maneira, que no mínimo haveria um helicóptero e duzentas rosas vermelhas envolvidas.

Em seguida às emoções confusas, senti um certo alívio. Pelo menos ele não me xingou nem fez nenhum escândalo. Comecei a rir, nervosa, ao mesmo tempo em que algumas lágrimas escorreram pelo meu rosto. Eu estava livre, indo morar em Paris por um ano e, na volta, assinaria o contrato com a editora. Senti que as coisas finalmente começariam a fluir sem que eu tivesse que dar conta de um peso enorme nas minhas costas, que era aquela relação desequilibrada.

No dia seguinte viajei para Recife, Victor foi comigo, dizendo que não aguentaria as saudades e que iria me visitar assim que pudesse, coisa que nunca aconteceu. Mas eu entendo, ele tinha acabado de lançar seu primeiro romance e estava cheio de compromissos, além de continuar o trabalho como editor, então ele realmente nunca teve tempo de me visitar durante o intercâmbio em Paris e de te conhecer. Acho que vocês dois teriam se entendido bem. Durante a semana em Recife, Fernando não me procurou. Pedi para Victor guardar o anel e que o devolvesse caso eles se esbarrassem por aí, mas no final das contas Fernando saiu totalmente de cena durante o tempo em que fiquei fora.

Assim que cheguei no aeroporto de Orly, joguei fora o meu chip de telefone do Brasil e comprei um com número local, aquele mesmo número que você bloqueou exatamente dez meses depois de nos conhecermos. Aquele ato simples e corriqueiro foi para mim um rito de passagem, foi o corte de qualquer possibilidade de comunicação com Fernando. Eram ainda dezoito horas quando cheguei. Pedi um carro de aluguel até a Maison du Brésil, que seria meu lar durante o próximo ano. Peguei as chaves, larguei a bagagem no *quarto e desci para dar uma volta no parque Montsouris. Ainda fazia sol, a grisaille parisiense ainda não tinha invadido a cidade, mas o vento já estava mais fresco do que costuma ser no alto verão. Fiquei ali sentada vendo as crianças jogando peteca, as mães com carrinhos de bebês, os corredores correndo nas subidas e descidas do parque, e a paz da qual eu desfrutava parecia invencível.*

13

Michel decidiu viajar de carro até Saint-Jean-Trolimon, já que não havia trem direto de Paris até lá. Parou algumas vezes para abastecer e comer alguma coisa na estrada, aproveitando as pausas no volante para ler o relatório do legista, tentando cruzar as novas informações com as que ele já tinha apurado junto à sua equipe no local do incêndio. Havia muitas inconsistências, mas não por imperícia ou por adulterações no corpo ou na igreja, mas porque realmente não havia nenhum indício que mostrasse como e por que o fogo tinha começado, como se tivesse sido por um passe de mágica, um estalar dos dedos e *bum!* Mas o fogo era real, ele o viu pessoalmente, assim como metade da população de Paris, a não ser que toda a cidade vivesse um delírio coletivo. Aquilo jamais poderia vir à tona daquela forma, sem nenhuma explicação plausível e um corpo de um padre vindo da puta que o pariu para rezar em Notre Dame justamente quando a porcaria da igreja pegou fogo, sendo que o fogo começou exatamente onde o corpo dele foi encontrado, mas não tinha álcool, nem gasolina, nem isqueiro, nem vela, apenas um padre inflamável. Ele não queria nem imaginar o sensacionalismo em torno disso, caso algo vazasse para a imprensa; toda a sua equipe seria descredibilizada, o presidente pediria sua cabeça e a do chefe de polícia, e também do papa e do secretário-geral da ONU. Ele saiu de Paris em torno das cinco da manhã e chegou ao seu destino às catorze horas. Tinha conseguido alugar uma casinha na parte rural da cidade, portanto um pouco mais isolada, onde poderia ficar à vontade para fazer seu trabalho, sem a interferência de recepcionistas de hotéis, camareiras ou outras pessoas em quem ele pudesse despertar curiosidade. Ao chegar na entrada da cidade, telefonou para a proprietária da casa, que o aguardava em frente ao imóvel. Pegou as chaves, recebeu as instruções e, quando ficou sozinho, começou a organizar seu material de trabalho sobre a grande mesa de jantar da sala. O local era bastante simpático, limpo e organizado, e Michel pensou que adoraria estar ali de férias. Havia um grande quintal, com espreguiçadeiras, onde poderia tomar um pouco de sol enquanto lia relatórios e fazia anotações sobre o caso, nada o impedia. Separou os papéis em colunas divididas por origem: os papéis do legista, os relatórios de sua equipe, os mandados e outros papéis com anotações sobre os contatos em outras localidades, como o próprio chefe da polícia de Saint-Jean-Trolimon, que ele deveria visitar em caráter informal ainda naquela tarde. A essa altura, seu chefe já devia ter telefonado para informá-lo sobre a visita e, acima de tudo, para pedir discrição em relação ao caso. Reuniu os papéis de que necessitava para a visita da tarde, verificou se tinha fechado tudo em casa e saiu de carro.

Ao chegar à pequena delegacia, o comissário já estava à sua espera. Foram para sua sala, onde Michel, sem entrar em grandes detalhes, falou sobre o padre que foi encontrado morto e que, provavelmente, era o mesmo que esteve nos últimos dois anos em Trolimon. O comissário mencionou seu desaparecimento, que foi um choque para toda a cidade, mas também disse que não era novidade para ninguém que o padre era um pouco excêntrico, porém inofensivo. Chegou a mencionar os ultimos escândalos envolvendo padres e pedofilia, mas disse que esse não era o caso do pároco de Trolimon, e deu carta branca para que Michel investigasse tudo quanto fosse necessario, e que o combinado com o chefe de polícia de Paris era de que diriam que estavam fazendo buscas pelo padre desaparecido, que ninguém poderia saber ainda sobre sua morte. Michel perguntou se ele poderia acompanhá-lo até a residência clerical, onde deveria fazer uma busca por indícios das atividades do padre. Em casos de desaparecimentos em que a própria pessoa toma a iniciativa de ir embora, normalmente há anotações, um diário ou carta que mostre suas intenções e, em muitos casos, até um "plano de fuga", que pode indicar data, modo e prováveis locais para onde ela poderia ir.

Michel e o comissário de polícia foram no carro do primeiro até a capela de Tronoën. Ao lado dela fica a residência dos clérigos, onde vivia o falecido padre, cujo nome alemão sempre escapava à memória de Michel. A capela é ladeada por esculturas que retratam o calvário de Cristo, segundo o comissário. Michel não entendia nem de religião, nem de arquitetura, mas achou tudo muito bonito, e ficou encantado com a preservação do local, que data do século xv. Ele pediu para olhar a igreja por dentro, pensando que talvez pudesse ser a igreja com a qual ele tinha sonhado, mas não parecia muito. Em seguida, bateram à porta da residência clerical, onde foram recebidos por um rapaz que se ocupava das funções administrativas da paróquia. O comissário os apresentou, e disse que Michel o estava ajudando a investigar o desaparecimento do padre. O rapaz os deixou entrar, levando-os diretamente ao quarto do religioso, que estava exatamente da maneira como ele tinha deixado antes de partir, segundo o funcionário. Era um cômodo amplo e iluminado, com móveis de madeira maciça em tons de tabaco, um roupeiro, uma escrivaninha com duas gavetas, uma estante com livros e alguns objetos: imagens de santos, souvenirs de viagens e um porta retrato com a foto em preto e branco de um casal com um bebê, provavelmente ele próprio; uma cama espaçosa e impecavelmente arrumada. O funcionário pediu licença e disse que eles podiam ficar à vontade. Michel pôs um par de luvas e ofereceu outro ao comissário, comentando que começariam o trabalho analisando todos os livros, papéis, cadernos e anotações que encontrassem, separando em uma pilha todo e qualquer material suspeito.

Depois de cerca de duas horas de análise dos papéis, não tinham encontrado nada. Michel olhou o roupeiro em busca de um fundo falso, assim como as gavetas das escrivaninhas e, aparentemente, não havia subterfúgios. Se o padre possuísse qualquer material contendo seus planos, este provavelmente teria virado cinzas junto com ele, ou estariam escondidos em outro local. Mas essa busca poderia ser um tiro no pé. Para realizá-la, teria que mobilizar a população local, saber se o padre frequentava algum clube, biblioteca, instituto, ou mesmo se tinha alguém de confiança a quem poderia visitar de vez em quando e fazê-lo seria arriscar o sigilo da investigação, já que as pessoas pensavam que ele tinha apenas viajado para algum compromisso, segundo o comissário, que não gostaria de fazer um alarde sobre o desaparecimento antes de ter informações mais concretas. Teria que conversar com François-Xavier para saber como dar o próximo passo. Falou um pouco e de maneira informal com o funcionário da paróquia, que disse que o padre não saía muito, apenas para dar uma caminhada de manhã cedo, mesmo durante o inverno; que era ele quem fazia as compras e resolvia as questões práticas, e que o religioso passava a maior parte do tempo em seu quarto estudando, saindo apenas para realizar as missas, as confissões e suas outras obrigações clericais. Michel agradeceu pelas informações e saiu com o comissário, a quem deu uma carona de volta à delegacia, e seguiu em direção da casa que tinha alugado, passando antes em um mercado para comparar algo para comer e beber.

Ao chegar em casa, sentou-se à mesa onde tinha organizado seus papéis e começou a tomar notas enquanto tomava uma cerveja e comia castanhas. Já eram quase nove da noite quando terminou as anotações e telefonou para François-Xavier para dizer que não encontrara nada que pudesse incriminar o religioso, ou que sequer indicasse tendências suspeitas. Nada, absolutamente nada. Também comentou sobre a conversa com o funcionário da paróquia e ambos sentiram-se de mãos atadas porque concordaram que era melhor não criar alarde, que o próprio comissário local tinha deixado claro que isso não o interessava, e que a população achava que ele estava em viagem para resolver qualquer coisa. O mais importante agora era manter essa morte em segredo, mesmo que isso custasse jamais resolver aquele caso. De qualquer forma, François-Xavier pediria uma investigação em Bad Ischl, cidade na Áustria onde o padre estava alocado antes de vir para a França. Ambos começavam a preocupar-se com os rumos da investigação, porque cada vez mais e mais pessoas estavam envolvidas no caso, que logo logo iria parar no Vaticano, o que acabaria, mais uma vez, em escândalo.

Michel desligou o telefone, que pôs para carregar ao lado da cama. Pegou o seu caderno dos sonhos na mochila e o colocou sobre a mesa de cabeceira junto a uma caneta e um copo d'água. Voltou para a sala, onde reorganizou os papéis sobre a mesa, e a perspectiva de não ter mais nada a fazer naquela cidade o irritava, sendo que tinha alugado a casa por três noites. Claro que não teria nenhum problema em deixar a hospedagem antes do tempo, ainda mais porque era tudo pago pela polícia, mas essa quebra no planejamento o incomodava. Em seguida, iria a L... visitar a avó, e não gostaria de aparecer antes do combinado porque sabia que isso a incomodaria também, já que gostava de deixar a casa arrumada para receber visitas. Respirou fundo para tentar controlar a impaciência que tomava conta de si. Sentia-se frustrado e perdido, sem poder sair daquela estaca zero infinita, uma pressão enorme sobre si mesmo por ter que guardar aquele segredo do tamanho e do peso de um elefante.

Quando já não podia aguentar o cansaço, verificou se tinha trancado tudo, apagou as luzes e deitou sobre a cama enorme e confortável do quarto de casal. A princípio estranhou todo aquele conforto, porque estava acostumado a dormir em um sofá-cama Ikea, mas logo adaptou-se ao colchão firme, porém aconchegante, que se moldava às suas formas. Deitou-se de lado, um travesseiro na cabeça, outro entre as pernas. Não demorou muito para começar a roncar.

14

Eu não preciso te contar tudo que aconteceu durante o ano em que fiz intercâmbio em Paris porque você esteve presente na maior parte do tempo. Quando nos conhecemos eu tinha chegado há apenas dois meses e você preencheu o resto dos dias até o último minuto em que estive aqui. Mas ainda tem coisas dentro de mim sobre as quais eu nunca consegui falar, mas que ainda estão vivas e eu preciso pôr para fora. Por exemplo, que eu só entrei naquele aplicativo de relacionamentos porque meu amigo da universidade paraticamente me obrigou, ele mesmo escolheu as fotos e foi curtindo os perfis; ou que você era minha última opção entre as conversas porque eu achei suas fotos estranhas, e só lembrei de te mandar uma mensagem depois que acabaram minhas curtidas e eu recebi uma notificação do aplicativo para ir lá te dar uma chance. E, no dia seguinte, quando nos encontramos, eu entrei no teu apartamento e te observei da cabeça aos pés; olhei teus ombros largos, tuas pernas longas, teu queixo firme, eu pensei "isso vai dar merda". E não é que eu estava certa? Eu também nunca te disse que o dahl de lentilha que você preparou naquela noite estava gostoso, porém sem sal, e que eu queria encher um tupperware dele e trazer para comer em casa, adicionando mais sal e talvez um pouco de pimenta. Também nunca te perguntei se você pôs "Wicked Game" para tocar de propósito, ou se foi porque você pensou que era a única música no seu mp3 player que eu poderia gostar. No, I don't wanna fall in love... with you. E nunca comentei que sempre que eu ia embora da sua casa, eu colocava essa mesma música para tocar, numa tentativa de guardar a tua presença por mais alguns instantes dentro de mim. Também não falei que eu tinha sintomas de abstinência quando estava longe, quando você ia visitar seus pais em L..., ou quando você passava as noites de sábado com seus amigos do handebol e me ligava bêbado de madrugada, dizendo que sentia minha falta. Nunca mencionei o fato de que eu tinha vontade de chorar a cada vez que eu atingia o orgasmo debruçada sobre a escrivaninha do teu quarto e que, algumas vezes as lágrimas escorriam pelo meu rosto sem que eu pudesse controlá-las, ao mesmo tempo em que uma fonte jorrava entre as minhas pernas.

Mas o que mais me dói é o fato de que eu nunca tive a oportunidade de te falar o quanto eu fiquei triste, decepcionada, morrendo de raiva no dia em que você decidiu me abandonar, frustrando todos os planos que tínhamos feito. Um dia antes da nossa viagem você respondia às minhas mensagens normalmente, me deu boa noite e disse que me amava para, na manhã seguinte, sua foto ter sumido do WhatsApp. Naquele momento eu ainda tentei me enganar, confesso; pensei que seu telefone tinha quebrado, ou que você tinha tirado o chip, enfim, todas as desculpas possíveis para o fato de que você estava incomunicável. Você não imagina a humilhação que foi entrar no uber e ir até a sua casa, esperando que você me atendesse e não ouvir nada além do silêncio do interfone que você não atendia, o silêncio das janelas fechadas, apesar do calor de mais de trinta graus, o silêncio da porta fechada e o som do bipe da caixa postal. Eu apertava o botão do interfone ao lado do nome "Dumoulin" como se fosse um botão de pânico, como se minha vida dependesse de apertá-lo pelo máximo de tempo possível. Até que eu desisti. Até que eu percebi que eu não teria nenhuma resposta, simplesmente porque por trás das máquinas, dos telefones, dos interfones, ainda existe um ser humano que tem o poder de decidir se vai responder ao chamado do outro lado da linha. E naquele momento, estivesse você atrás da porta ou não, eu simplesmente aceitei que você tinha escolhido o silêncio.

Enxuguei minhas lágrimas, voltei para o uber, e dei gorjeta para o motorista, que fez silêncio durante todo o trajeto até Orly. A partir daquele momento, eu não derramei mais nenhuma lágrima por você, ao contrário, fui tomada por uma secura insuportável.

Meu voo era com destino a Recife, como você já sabia, e foi isso que me salvou porque, assim que botei os pés na minha cidade natal, caí de cama durante dias. Ninguém sabia que você iria comigo, seria uma surpresa para minha família, então ninguém conseguia entender o porquê de eu estar tão abatida, achavam que fosse pelo fato de eu estar voltando de uma longa viagem, que eu estava cansada, então fui cercada de mimos pelos meus pais. No dia seguinte Victor chegou, o que ajudou ainda mais a ir me recuperando. Na semana seguinte, voltei para São Paulo com Victor e já tinha reunião marcada com meu orientador do mestrado, além de alguns compromissos previstos na editora. Aos poucos fui ocupando minha cabeça e voltando à minha rotina antiga, mas ainda me sentia triste pelo fato de você simplesmente ter sumido do mapa sem me procurar, sem dar explicações, sem ao menos tentar me fazer entender os motivos que te levaram a uma mudança de atitude tão brusca e tão violenta. Comecei a apresentar sintomas de depressão. Tinha dias em que eu não conseguia me levantar da cama; Victor fazia de tudo para me animar, para me fazer sair de casa, mas eu simplesmente não conseguia. Eu estava fodida financeiramente, sem plano de saúde, nem podia pensar em pagar um psiquiatra. Mas aí Victor resolveu dar com a língua nos dentes e avisar a Fernando que eu tinha voltado. Ele me confessou que, durante o ano inteiro em que estive fora, Fernando ligava toda semana para saber como eu estava, se o mestrado ia bem, se eu estava me alimentando direito, se estava precisando de algo. Confesso que achei aquele gesto bonito, de alguém que realmente se preocupa com o bem-estar do outro, mesmo estando separados. O Fernando não era uma má pessoa, era apenas um homem, educado para ser um homem em uma sociedade machista. E ele soube aproveitar minha situação de fragilidade para se reaproximar. Eu confesso que talvez eu nem tivesse conseguido terminar o mestrado naquele ano se não fosse por ele, que me pegou pela mão, me levou ao psiquiatra, pagou meses de psicanalista, só faltava pôr os remédios na minha boca. Aos poucos fui saindo do fundo do poço, voltando a ser eficiente no trabalho e nos estudos, voltando à vida que eu tinha antes de você.

15

Michel acordou de um sobressalto, como se estivesse em um daqueles sonhos em que caímos, com frio na barriga e a sensação de estarmos sem chão. Sentou-se na cama e logo tratou de anotar o sonho:
Saint-Jean-Trolimon, maio de 2019
Um túnel subterrâneo escuro e úmido, onde me encontro sem uma lanterna ou vela que possam me ajudar a enxergar. Tateio as paredes lodosas e ouço o som dos ratos, que parecem rir do meu medo. Vejo uma luz a muitos metros adiante, que vai aumentando à medida que me aproximo. Quando finalmente vejo a luz bastante próxima, ela está acima da minha cabeça e há uma escada. Subo e a luz é um pequeno buraco em uma tampa de madeira, provavelmente um alçapão. Tento forçar sua abertura e, depois de algum esforço, consigo levantar a tampa. Mas quando tento sair, bato com a cabeça em algo duro e, antes de cair de volta no buraco, reconheço, do lado de fora, os pés dos móveis do quarto do padre desaparecido, esculpidos em estilo manuelino. O alçapão encontrava-se embaixo de sua cama.
Michel olhou o relógio para saber se já era um momento razoável para ir novamente à residência clerical, mas ainda eram quatro e meia da manhã. Ele sabia que não conseguiria dormir novamente, e resolveu caminhar pela rua. Estava tudo escuro, até as luzes dos postes estavam apagadas e ele seguiu caminhando a esmo pelas pequenas ruas de Saint-Jean-Trolimon, enquanto pensava sobre o caso que tinha em mãos, em todo o mistério em torno do incêndio e da morte do padre, e

no quanto seria difícil encontrar uma explicação lógica para aqueles acontecimentos; e, pior de tudo, em breve ele esperava uma cobrança maior das autoridades sobre a investigação, visto que ela ainda não tinha encontrado nenhuma resposta satisfatória para dar à população, o que poderia ser entendido como negligência por parte do governo, e isso poderia culminar em uma crise sem precedentes.

Após cerca de duas horas de caminhada e pensamentos em círculos, Michel voltou para casa. Nem o ar fresco da manhã o tinha ajudado a encontrar uma linha de raciocínio plausível na qual ele pudesse trabalhar. No fundo ele sabia que havia uma explicação paranormal para o que estava acontecendo, afinal estava acostumado a vivenciar este tipo de fenômeno e sabia que sua existência era real, mas nada disso poderia entrar na investigação, senão ele acabaria sendo afastado novamente. Ao chegar em casa, passou um café e preparou algo para comer. Sentou e esperou que desse oito horas para poder voltar à residência do padre.

***

Às oito horas e oito minutos, bateu novamente à porta da casa ao lado da igreja, sendo recebido pelo assistente administrativo da paróquia, e disse que precisava rever alguns detalhes no quarto do religioso. O rapaz abriu caminho para ele, que foi diretamente averiguar o que tinha embaixo da cama, mas aparentemente não havia nada fora do normal. Com um giz, fez uma marcação ao redor da cama e pediu ajuda ao rapaz para afastá-la. O piso de madeira rangeu um pouco, e ele deu algumas batidas leves na madeira, a fim de procurar por uma parte do piso que parecesse oca, o que encontrou em um canto próximo à parede. Passou a mão pelo piso para ver se conseguia tirar aquela tábua, sem sucesso. Procurou algum tipo de interruptor na parede e se perguntou como o padre teria acesso àquele esconderijo secreto sem a ajuda de ninguém, o que o levou a desconfiar do assistente. Estava irritado. Não acreditava que tinha chegado até ali sem descobrir nada relevante. Sentou-se na beira da cama e, pela primeira vez em mais de vinte anos, teve vontade de chorar. Queria abraçar sua avó, ficar na casa dela para sempre, largar aquele emprego de merda que, apesar de pagar razoavelmente bem, acabava com a saúde mental de qualquer um. Levantou-se e, sem querer, esbarrou na mesinha de cabeceira, que balançou, derrubando o abajur que estava em cima dela. A queda do abajur fez uma fina folha de madeira deslizar pelo chão, revelando uma tábua da mesma cor, com um pequeno buraco, no qual Michel enfiou o dedo para abrir. Dentro daquele oco, dois livros com capa preta em couro, semelhantes aos demais encontrados nas parateleiras do quarto, além de um notebook de doze polegadas. Michel colocou os itens encontrados em um saco plástico. Iria dar uma olhada preliminar e, em seguida, fazer uma perícia mais detalhada junto à equipe.

16

Não preciso justificar o fato de que Fernando reconquistou minha confiança graças ao apoio que me deu, desde que eu voltei do intercâmbio na França. Depois que a tempestade passou, aquele ano terminou da melhor maneira possível: consegui concluir meu mestrado com nota máxima, assinei meu contrato como editora, Victor estava fazendo um sucesso enorme com seu livro e meu relacionamento com Fernando ia super bem. Mas, como você deve imaginar, em dado momento os ventos mudaram, senão eu não estaria aqui sozinha em Paris, fugindo de sombras que me atormentam, entre outros perigos reais.

No começo do ano seguinte, logo após o recesso parlamentar, um dos melhores clientes de Victor começou a ser investigado em uma CPI. Nesse caso, havia um escândalo envolvendo fazendeiros, grilagem de terras no Pantanal e, ao que me parece, esse cliente era muito amigo da sua família, e havia outros investigados que deviam ser laranjas do seu pai, porque o Fernando se envolveu até a alma no caso, o que o afetou muito. Posso dizer que, a partir daquele momento, eu não o reconhecia mais. Claro que seus surtos de violência não começaram diretamente comigo, mas nos momentos de estresse eu via ele quebrar objetos, socar a parede, gritar ao telefone com seus funcionários. Ele dizia estar cercado de incompetentes, que os deputados de esquerda queriam ferrá-lo, acabar com a sua família. Eu não entendia bem o que estava se passando, mas sabia que havia algo de sujo, porque um dia ouvi Fernando em uma conversa no telefone, dizendo que se cavassem mais um pouco, chegariam em uma das fazendas do seu pai no

Mato Grosso. Eu não sabia como agir. Por mais que eu tentasse me afastar aos poucos, ele sempre encontrava uma maneira de me puxar de volta. Eu me sentia pisando em ovos o tempo inteiro, e nunca falava nada demais, não contava mais sobre o meu trabalho, um dos assuntos que mais gostava de compartilhar, e me sentia deprimida a maior parte do tempo.

Num fim de semana qualquer estávamos em São Paulo, em casa, quando Fernando resolveu cismar com o fato de que eu dividia apartamento com um homem. Mesmo sabendo que Victor era gay, achou pertinente criticar algo que já estava estabelecido quando me conheceu. Disse que poderia não ser bem visto pela sua família, que seus amigos comentavam a respeito, e que eu tinha condições financeiras de bancar um apartamento, mas não o fazia porque era preguiçosa e acomodada e que "mulher dele" não deveria ser assim. Foi nesse momento que eu explodi pela primeira vez. Eu sou muito compreensiva, eu tento sempre ver o melhor nas pessoas, perdoo os erros, afinal eu também faço merda, mas não poderia aceitar que ele falasse comigo daquela maneira. Abri a porta da frente e pedi para que ele saísse e não voltasse nunca mais. Ele nem pegou a mala, saiu apenas com a roupa do corpo.

***

Fernando me ligou todos os dias na semana seguinte. No começo eu não queria atender. Recebi flores no trabalho, chocolates em casa, tudo acompanhado de bilhetes com os pedidos de desculpa mais piegas que se pode imaginar. Cada dia da semana, uma surpresa diferente. Mas o que me convenceu mesmo a atender a uma ligação não foi nenhuma dessas bobagens, mas simplesmente o fato de que o fim de semana chegaria e eu não queria estar sozinha. Eu tinha medo de estar só e ter que me deparar com o teu fantasma na minha cabeceira. Hoje dou até risada desse medo bobo, mas na época eu ficava em pânico, minha autoestima estava em frangalhos e o medo de me sentir abandonada mais uma vez me fez passar por cima do meu amor-próprio, e isso é um mal que aflige quase todas as mulheres. Aceitamos qualquer relação meia-boca em troca de uma companhia.

Na sexta-feira eu resolvi atender Fernando. Ele pediu mil desculpas, prometeu que aquilo jamais se repetiria, que eu era uma mulher linda e inteligente e que ele tinha medo de me perder. Justificou seu estresse com todas aquelas baboseiras de sua família corrupta e eu caí como um patinho. Ele foi para meu apartamento naquela noite, e combinamos de ir até a fazenda dos seus pais em R. no fim de semana seguinte, que seria um feriado prolongado, e perguntou se eu queria convidar Victor, que adorou a ideia.

***

Na semana seguinte, eu e Victor pegamos um voo para Goiânia na quinta-feira à noite. Fernando nos esperava no aeroporto, de onde já seguimos de carro direto para R. Eram quase três horas de viagem, e fomos conversando amenidades, falando de trabalho. Ele fingiu se interessar pelo novo projeto em que eu estava trabalhando, enquanto eu fingia me interessar pelo seu novo cliente, acusado de assédio moral por mais de dez funcionários, mas que estava pagando uma nota preta pela defesa.

Chegamos na fazenda quase às onze da noite, portanto os pais de Fernando já tinham jantado com suas tias, irmãs de sua mãe, que passariam o fim de semana conosco. Nem eu nem Victor estávamos com muita fome, então Fernando pegou apenas alguns aperitivos e cervejas na cozinha, e sentamos na varanda para conversar com sua família. As tias de Fernando não eram como sua mãe, madames que viviam às custas de um marido rico. Uma delas era advogada, como o sobrinho, e fazia assessoria jurídica *para uma* ONG *ambientalista, enquanto a outra era professora universitária no curso de História da* UNB, *ambas divorciadas. Foi um alívio para mim ver que naquela família não havia apenas pessoas que só falavam de boi, pasto e deputados, então fiquei mais animada para o fim de semana. Conversei bastante com Marly, a tia historiadora, que me perguntou se eu faria um doutorado e me incentivou a seguir carreira acadêmica para ser professora universitária. Eu falei que era uma possibilidade, mas que gostava muito do ramo editorial. Passamos horas discutindo e tomando cerveja, até que Fernando me propôs irmos dormir, ele queria ir até a cachoeira no dia seguinte.*

Eu sequer cogitei a hipótese de Fernando estar me preparando um pedido de casamento surpresa, ou melhor, uma armadilha, porque é assim que eu deveria chamar. Quando voltamos do passeio na cachoeira no dia seguinte, os pais dele disseram que iríamos a uma festa em uma das fazendas vizinhas no dia seguinte. Não achei aquilo nem um pouco estranho, e concordamos em acompanhá-los. No momento da saída, os pais e as tias de Fernando foram na frente, levando Victor com eles, e ele inventou alguma desculpa para irmos em seguida, disse que precisava enviar uns e-mails de trabalho, então me arrumei com calma. Nada me fazia crer que ele estava armando o bote, tudo parecia muito natural. Eu usava um vestido longo de estampa floral simples, tênis, cabelos soltos, não coloquei nem maquiagem, apenas óculos escuros e os brincos de sempre. Comecei a desconfiar da situação quando chegamos à fazenda vizinha, que por sinal era do tio de Fernando, e fomos recebidos como celebridades no tapete vermelho do Oscar. Na hora pensei que a família estava curiosa para me conhecer, até que chegou o momento em que Fernando interrompeu o grupo musical, pegou o microfone e me chamou no pequeno palco que os anfitriões tinham montado próximo à sede da fazenda, uma casa quase tão bela quanto dos seus pais. Só ali eu consegui adivinhar o que estava acontecendo. Quando me juntei a ele no palco, lutando contra a vergonha, ele se ajoelhou e tirou do bolso uma pequena caixinha em veludo bordô. Eu não consigo lembrar de uma só palavra que ele disse naquele dia, tamanho o nervosismo. E não era um nervosismo bom, de quem está diante de um pedido de casamento feito por alguém com quem gostaria de passar o resto da minha vida, mesmo que hoje eu acredite que isso soa muito mais como uma condenação do que como uma promessa de felicidade. Eu estava nervosa pelo fato de que nunca falamos sobre casamento, nunca me passou pela cabeça casar com Fernando, eu me sentia encurralada com um pedido feito daquela maneira. Tentei disfarçar meu constrangimento olhando fixamente para Victor, que parecia ainda mais chocado que eu, mas sempre fui muito transparente em minhas expressões, então Fernando percebeu a confusão que se passava dentro de mim, mas ele era o rei dos disfarces, ainda mais trabalhando como advogado de políticos, era capaz de sorrir ou chorar quando fosse conveniente. Ele pôs o anel no meu dedo, cuja tremedeira eu não conseguia disfarçar; a única coisa que eu pude perguntar foi se eu precisava dizer sim naquele momento, ou se era só na hora do casamento mesmo. Fernando compreendeu que essa fala transparecia todas as minhas dúvidas, mas os demais convidados acharam que foi uma piada e começaram a rir. Claro que todos os convidados estavam gravando em seus telefones e, quando vi as filmagens, percebi o tanto de medo que havia em meu rosto.

    Mesmo percebendo que eu estava muito mais assustada do que contente, Fernando conteve a sua decepção, pelo menos por uma semana. Naquele fim de semana no sítio ele parecia nas nuvens, como se estivesse realizando um grande sonho. Mas não demorou muito para a realidade bater à nossa porta. Durante a semana, seu escritório, e ele, pessoalmente, foram convocados para depor na CPI em que um de seus clientes era investigado. Foi ali que tudo começou a desandar de vez.

Fernando me telefonou muito nervoso após receber a convocação e eu não encontrei uma maneira de consolá-lo. Ele resolveu que passaria o fim de semana seguinte comigo em São Paulo para tentar clarear as ideias, e pediu que eu revisasse algo que ele escreveria para usar no depoimento, e eu disse que poderia ajudá-lo. Quando ele chegou na sexta-feira à noite, tinha o aspecto de quem não tinha dormido durante a semana inteira: a barba por fazer, o cabelo assanhado, até a camisa, que normalmente era impecável, estava amarrotada. Eu senti um pouco de pena, mas ao mesmo tempo me perguntava se ele tinha alguma culpa no cartório para estar tão preocupado, ou se estava inquieto apenas pela reputação do seu escritório. E foi com essa conversa que a briga começou. Ele disse que eu jamais deveria questionar seu trabalho, que era "a fonte de onde saía a grana para bancar os meus luxos". Geralmente eu conseguia manter a calma diante das situações, mas essa fala fez com que eu me sentisse humilhada, como se eu não trabalhasse e vivesse às suas custas, ou como se eu me aproveitasse da sua boa situação financeira. Eu vivia em um apartamento alugado, que dividia com meu melhor amigo em São Paulo, ia de transporte público para o trabalho e usava o vale-alimentação para fazer compras no mercado, não sei de que luxos ele estava falando, e quando eu falei isso para ele, disse que já era para eu estar morando em Brasília, que o fato de eu morar em São Paulo era humilhante para ele, que seus amigos faziam piadas, dizendo que eu o traía, e que por isso eu fiz aquela cara de idiota quando ele me pediu em casamento. Essa foi a última frase que ele disse naquela noite. Quando eu respondi que não me mudaria para Brasília e que, se continuasse me tratando daquele jeito, sequer haveria casamento, ele simplesmente me deu um tapa no rosto, pegou sua mala, que ainda nem tinha sido aberta, e saiu.

17

As relações tradicionais são fingimento puro, um teatro em que cada um dos atores tem seu papel definido e não há espaço para improviso. E é com essa encenação que muitas mulheres sonham a vida toda, investindo todo seu tempo e energia. Eu nunca tinha sonhado com casamento tradicional, igreja, véu, vestido branco. Mas depois que você me abandonou, eu fui engolida por um temor imenso de ficar sozinha, de sentir novamente aquela sensação de vazio. Eu não queria ser a que sobrou, a abandonada, a solitária. Eu queria que alguém preenchesse aquela lacuna. E não era uma lacuna de amor, porque amor a gente encontra de outras maneiras, em outras relações que não sejam necessariamente sexuais. Demorei, mas aprendi esta lição do jeito mais difícil. Era uma lacuna no meu ego, eu não queria ser a coitadinha. E quando Fernando ressurgiu na minha vida, cuidando de mim no meu pior momento, eu vi nele a oportunidade de finalmente poder fechar a ferida, de não ser mais a mulher que foi deixada para trás. Tudo poderia ter sido diferente se eu não tivesse caído nessa armadilha. Mas não foi. Eu caí na armadilha e acabei puxando um monte de gente comigo.

Não demorou muito para que começassem a chegar os buquês de flores, presentes e bilhetes contendo pedidos de desculpas. Não respondi de imediato. No fim de semana ele não foi a São Paulo, mas me telefonou. Disse que nunca tinha levantado a mão para uma mulher e que aquilo nunca iria se repetir, que ele estava se sentindo mal por conta dos problemas no trabalho e que não deveria ter descontado sua frustração em mim. E eu acreditei naquele discurso mequetrefe. Eu queria acreditar.

Não nos vimos naquele fim de semana, mas no seguinte fui correndo para Brasília. Depois de uma briga dessa dimensão, é normal que o agressor aja como se estivesse em lua de mel. De repente ele se torna o companheiro mais atencioso do mundo, te trata como uma rainha, leva café na cama, te enche de mimos. Mas isso faz parte do ciclo da violência, porque depois tudo recomeça. Agressão, pedido de perdão, juras de amor, lua de mel etc etc etc. Mas até então eu não conhecia esse ciclo, eu não sabia que seria dessa forma e eu realmente queria acreditar que aquele foi um episódio isolado, e que tinha a ver com o que estava acontecendo na vida profissional de Fernando. A lua de mel durou uns dois meses, até o momento em que um dos assessores do deputado investigado pela CPI foi preso. Eu tinha acabado de chegar na editora pela manhã, quando aconteceu, numa daquelas operações em que a polícia federal bate na porta de manhã cedo, sem chance de fuga. Uma das minhas colegas estava acompanhando pelo Twitter e me falou sobre o que tinha acontecido. Fiquei logo tensa, pensando no estresse de Fernando. Ele me ligou mais tarde dizendo que até então estava tudo bem, que eu não me preocupasse e que nossa ida à Chapada no fim de semana estava mantida, tudo estava sob controle. Pelo que eu entendo do caso hoje, o tal assessor tinha aceitado ser o bode expiatório da situação. Ele deixaria que plantassem provas contra ele para assumir toda a culpa, em troca, claro, de uma grande soma de dinheiro, que serviria para tratar o câncer do seu filho nos Estados Unidos, mas que também seria suficiente para viver o resto da vida numa boa. A questão é que o tratamento foi um sucesso (ainda bem), e quando o tal assessor soube que o filho estava a salvo, resolveu jogar toda a merda no ventilador. Ele tinha todas as provas necessárias para ser inocentado e para mostrar a manobra do gabinete do deputado. Saiu da prisão, entrou para o programa de proteção à testemunha e foi se juntar à esposa e ao filho nos Estados Unidos. Esperto ele. Mas foi exatamente aí que começou o meu tormento maior. Depois da explosão dessa bomba, Fernando pediu que eu fosse para Brasília no fim de semana seguinte, porque ele precisava ir para a Chapada relaxar um pouco e queria a minha companhia. Ainda reclamou que eu estaria disponível apenas no fim de semana, que se eu morasse em Brasília com ele, tudo seria mais prático. Na sexta-feira eu cheguei e partimos direto do aeroporto para São Jorge. Chegamos lá em torno das 22h, jantamos e ele começou a falar sobre o caso, perguntou se eu acreditava nele, disse que não queria ser preso por causa de um mentiroso safado, entre outros impropérios. Eu poderia ter ficado calada, mas também não quero me culpar pelas atitudes dos outros. Depois que Fernando terminou de desabafar, eu disse que ele não era inocente, que ele sabia onde estava se metendo, que os clientes não podem mentir para os advogados e que era nisso que dava pensar apenas no dinheiro, sem medir as consequências das coisas. Mal terminei de falar e senti o impacto da sua mão direita no meu olho esquerdo. Não senti dor. Apesar da rapidez do movimento, foi como se eu pudesse captá-lo em câmera lenta. O barulho dos ossos dele encontrando os ossos do meu rosto, a pele inchando instantaneamente, as minhas mãos em direção ao rosto, numa tardia tentativa de defesa. Caí numa poltrona, trêmula, indefesa. Fernando me olhava, ainda com o punho fechado. Reuni todas as minhas forças para conseguir me levantar, pôr um par de óculos de sol, mesmo estando de noite, pegar minha mala e sair caminhando para a pousada mais próxima.

***

Passei aquela, e muitas outras noites depois, sem dormir. Naquele momento eu tinha descoberto que, diante de uma violência cometida por alguém em quem confiamos, a dor física incomoda muito menos do que todos os sentimentos que brotam por dentro Durante muito tempo fiquei me culpando por ter sido agredida.

Ficava me torturando por achar que eu tinha falado sobre um assunto delicado de maneira descuidada, afinal é isso que nós mulheres aprendemos ao longo da vida, que somos responsáveis por tudo que os homens fazem, mesmo que seja contra nós mesmas.

Naquela noite, no entanto, eu mal conseguia raciocinar. Fernando ficava ligando insistentemente para mim, então acabei desligando o telefone. Queria apenas ficar parada olhando para o teto. Mas era impossível não procurar o espelho, observar a protuberância azulada que tinha se formado no meu supercílio. Era impossível me reconhecer naquele momento. Aquele soco tinha me tirado não só a simetria do rosto, mas também a humanidade. Eu me sentia uma massa amorfa, dormente; o latejar daquele edema no meu rosto é que me permitia saber que eu ainda estava viva. Eu não tinha forças para chorar, não conseguia gemer, sequer cogitava a possibilidade de ligar para alguém. Eu estava paralisada, contemplando o nada. Até liguei a televisão para tentar me distrair, mas o barulho que me chegava até os ouvidos era ininteligível. Eu não conseguia captar nada do que se passava ao redor. Eu era a derrota, a humilhação em pessoa.

***

No dia seguinte eu acordei perto de meio-dia, depois de ter ido dormir, de fato, em torno das seis da manhã. Meu olho latejava. Só então lembrei de colocar gelo para aliviar a dor e o inchaço. Eu continuava em um estado de paralisia, que não me permitia raciocinar direito nem sair do lugar. Queria voltar para casa, mas a vergonha de sair com o olho daquele jeito era enorme. E eu ainda tinha medo de encontrar Fernando no meio do caminho. Eu teria que sair de São Jorge e ir até Alto Paraíso para conseguir pegar o ônibus até Brasília. A ideia de ter todo esse trabalho me desmotivava. Então o telefone fixo do quarto tocou. Tomei um susto, tão desacostumada estava com aquela tecnologia, que já não fazia parte da minha vida desde a adolescência. Tive receio, mas resolvi atender mesmo assim. Era uma voz feminina, a mesma moça que tinha me recepcionado na pousada na noite anterior. Ela perguntou se eu estava bem e disse que havia um carro à minha disposição para me levar até o aeroporto de Brasília. Expliquei que meu voo era apenas no dia seguinte e ela disse que não teria problema. Me perguntei se teria o dedo do Fernando nessa situação e parece que ela leu meus pensamentos, quando disse que eu não me preocupasse, porque ela estava fazendo aquilo por mim, não por ele. Eu agradeci e disse que ficaria até o dia seguinte, e ela disse que eu poderia pedir as refeições no quarto. Eu não sabia como agradecer por sua generosidade e discrição.

No dia seguinte, logo após o almoço, o rapaz que me levaria ao aeroporto chegou. Eu ainda usava óculos escuros, não queria que ninguém visse o meu rosto marcado pela violência. Me despedi da moça, de quem eu nunca soube o nome, e a agradeci pelo apoio. Olhei para a pousada pela primeira vez. Tinha uma fachada de tijolos bonita e rústica, com móveis de madeira espalhados pela enorme varanda, que circundava quase todo o imóvel. Lamentei o fato de que nunca mais voltaria ali, que eu e o Victor teríamos que escolher outro local para abrir a nossa residência artística. Mas o que a mulher disse antes que eu entrasse no carro, doeu ainda mais: "Não é a primeira vez que acontece. Se você me permitir um conselho, não volta mais aqui não..."

***

Quando cheguei em casa foi que consegui sentar e chorar de verdade. Eu soluçava tanto que meu corpo sacudia em espasmos violentos. Larguei a mala e a bolsa no chão, sentei no tapete, encostada no sofá e fiquei lá, não sei quanto tempo, dando vazão às minhas emoções. Eu nunca tinha me sentido tão fraca e humilhada em toda minha vida. Sempre li sobre as estatísticas de violência doméstica, mas nunca me imaginei dentro delas. A gente nunca pensa que vai acontecer consigo. Sempre me vi como uma mulher forte e bem instruída, que lia Simone de Beauvoir e tantas outras teóricas feministas; mas quando a realidade bate à nossa porta, é tudo muito diferente. A teoria é soterrada pelas nossas emoções, pela nossa necessidade de afeto e de aprovação. Crescemos acreditando em histórias de príncipes e princesas, mas nunca aprendemos a lidar com o monstro que existe dentro de cada um desses personagens.

Victor chegou em casa logo depois de mim e me encontrou naquele estado. Tive que contar tudo, desde o tapa que ele tinha me dado da outra vez, até as pequenas violências verbais que já aconteciam desde antes de eu vir para a França. Ele me abraçou e, em seguida, foi até a geladeira buscar gelo para ver se aquele edema sumia rapidamente. Eu sabia que precisaria trabalhar de casa até meu olho voltar ao normal. Mandei um e-mail para Ana, que prontamente respondeu, dizendo que não tinha problema e confirmando a próxima reunião apenas para a semana seguinte. Quando desliguei, recebi várias notificações de Fernando. Ligações perdidas, mensagens de voz e de texto. A última delas questionando se estávamos terminando a nossa relação daquela maneira. Respondi que sim, era o fim da relação, e bloqueei seu número.

18

Três dias após ter chegado em Saint-Jean-Trolimon, Michel entregou as chaves da casa onde se hospedara e seguiu viagem em direção a L... para fazer uma visita à sua avó. Eram apenas noventa quilômetros, então ele saiu antes das onze da manhã para poder chegar meio-dia, horário em que a avó costumava almoçar, então comer juntos. Tinha saudade dela, da comida, das conversas.

Hélène era uma mulher de muita fibra. Do alto dos seus setenta e oito anos, pintava todos os dias, cozinhava como ninguém, além de cuidar sozinha da enorme casa de tijolos avermelhados que herdara da família, onde há muitos anos funcionava um hotel, que contrastava com as demais casas da vizinhança, a maioria pintada em tons claros. A antiga placa ainda estava lá, conservando os dizeres "A casa vermelha". Falava não apenas francês, como também bretão, italiano, inglês e alemão. Ficou viúva cedo, mas nunca se acomodou com a pensão deixada pelo marido diplomata; continuou trabalhando como professora de piano até se aposentar, e ainda tocava todos os dias, de vez em quando participando de concertos nas principais festividades locais. Michel não tinha avisado que iria visitá-la, mas de alguma forma ela sabia que ele estava a caminho. Preparou *kig ha farz*, o parato preferido do neto. Meio-dia e oito, ele estacionou o carro na vaga em frente à casa de sua avó, onde Hélène já estava a postos esperando. Sorridente, disse que ele estava atrasado.

Almoçaram juntos enquanto conversavam sobre amenidades. Hélène reclamava do aspecto magro e cansado de Michel, enquanto ele reclamava do trabalho, dos impostos, da vida corrida em uma cidade enorme como Paris, onde ele jamais podia descansar sem que um novo crime batesse à sua porta. Ainda com um sorriso nos lábios, Hélène disse que um dia ele iria voltar para casa, mas que por enquanto ele estava onde deveria estar. Terminaram de almoçar e foram tomar um digestivo na varanda. Ele tentava encontrar uma maneira de abordar o assunto dos sonhos e o que viera fazer ali, mas foi a própria avó quem começou, perguntando se ele ainda tinha os sonhos que costumava ter. Ele afirmou e contou os recentes episódios. Ela, em contrapartida, perguntou se ele continuava energizando o amuleto que lhe foi entregue de presente quando ele saiu de L..., ao que Michel respondeu que não. Hélène censurou o neto, explicando que o amuleto funciona justamente como um filtro dos sonhos, que os tornava mais claros e, com sua ajuda, seria mais fácil achar um significado para eles. Em seguida, pediu que Michel pegasse um caderno para anotar suas prescrições para a energização do amuleto. Após tomar nota, Michel contou sobre a investigação do incêndio em Notre Dame, o que não pareceu surpreender a avó, que afirmou que havia algum tipo de magia pesada envolvida na história, que só isso poderia explicar o incêndio sem causa definida. Michel riu e disse que jamais poderia apresentar essa tese para a polícia em uma investigação oficial. Ela sorriu novamente e disse que ele mostrasse o que tinha na mala do carro. Só então lembrou-se dos cadernos do padre. Foi até o carro e abriu a mala, enquanto pedia para a avó forrar uma mesa com papel filme, para que pudessem abrir os cadernos sobre uma superfície limpa, sem contaminar as provas. Ele pôs as luvas e pegou ambos os cadernos e os dispôs sobre a mesa da sala. O primeiro caderno estava todo escrito em latim, além de conter diversos símbolos, aparentemente desenhados pelo próprio padre. "É um grimório", Hélène afirmou com convicção, em seguida explicando que se tratava de uma espécie de diário mágico, no qual os iniciados em magia anotam suas lições, feitiços e progressos na magia. Ela não falava latim, mas compreendia os símbolos, muitos deles relacionados à alquimia e ao hermetismo; uma árvore da vida hermética, os glifos astrológicos, além de uma cruz ansata, copiando o estilo dos desenhos do grimório de W.B. Yeats. Michel estava confuso; sempre achara que magia e Igreja eram duas coisas opostas. Hélène pressentiu sua confusão e explicou que as coisas nem sempre foram assim, que conhecemos uma história oficial, mas sempre condizente com a realidade. Visto que a avó falava alemão, pediu para que ela desse uma olhada no outro caderno, que parecia de cunho mais íntimo. Hélène pôs luvas como as de Michel para poder manusear o diário. Ele disse que iria tomar um café na cozinha enquanto ela examinava o material. Ao retornar para a sala, viu o rosto assombrado da sua avó, que perguntou se seria possível que ele ficasse mais alguns dias em sua casa, para que ela terminasse de ler o diário. Ele disse que só poderia passar aquela noite, pois seu chefe o aguardava para fazerem a análise do material coletado. Hélène disse então que passaria a noite em claro para tentar ler todo o diário do padre. Michel resolveu ir até a paraia. Precisava de um mergulho no mar para espairecer. Enquanto caminhava, telefonou para François-Xavier, que perguntou imediatamente se ele tinha encontrado algo. Michel disse que sim, mas que achava arriscado falar sobre isso pelo telefone, e perguntou se ele estaria disponível no dia seguinte à noite para que conversassem, ao que François-Xavier disse sim. "Não importa a hora, quando

chegar a Paris, venha imediatamente ao meu apartamento".
Michel confirmou o encontro e seguiu em direção à paraia.

***

Ao voltar para casa, quase às oito da noite, deparou-se com a avó ainda debruçada sobre o caderno do padre; viu que ela tinha pego alguns livros em sua biblioteca, os quais consultava de instante em instante, tomando notas em um pequeno bloco. Perguntou se ela queria que ele preparasse algo para comer, mas Hélène disse que estava bem, que precisava se concentrar, e que ele poderia comer o que quisesse na cozinha antes de dormir. Ela tinha um semblante tenso, o que deixava Michel ainda mais curioso sobre o conteúdo do caderno. Michel ainda não estava com fome, então foi dar uma volta pela casa onde tinha passado a infância e a adolescência. As coisas pareciam estar exatamente no mesmo lugar onde as tinha deixado há quase treze anos, quando saíra de L... para estudar em Paris. Na parte térrea, além da cozinha, havia duas salas, a primeira, onde a avó se encontrava agora, que servia de sala de visitas e sala de jantar ao mesmo tempo; a segunda, separada da outra por uma porta larga, era a biblioteca, cujas paredes encontravam-se quase totalmente cobertas de estantes de livros, com duas poltronas no centro. No segundo andar havia quatro quartos de hóspedes. No terceiro andar, havia o quarto de Hélène e o seu próprio. Fazia tempo que não subia ali; sempre que visitava a avó, dormia no sofá da sala de visitas; provavelmente o faria também esta noite. Depois de comer, foi até a biblioteca e escolheu algo para folhear antes de dormir. Tirou os sapatos, encostou a cabeça no braço do sofá e dormiu ainda nas primeiras páginas da leitura.

***

Em torno das quatro horas da manhã, Michel acorda de um sobressalto, com a avó cutucando seu pé e dizendo "o seu padre era um bruxo ambicioso". Hélène disse que daria a ele alguns minutos para ir ao banheiro lavar o rosto, enquanto passava um café. Michel levantou depressa, pois a curiosidade facilmente venceria o cansaço e o sono. Ao voltar do banheiro, sentou-se à mesa com a avó que começou a explicar o que tinha apurado das anotações. Michel perguntou se poderia gravar o que a avó diria, porque tinha certeza que não entenderia nada e, muito menos, teria condições de reproduzir a conversa quando fosse falar com François-Xavier, ao que a avó assentiu, e começou a explicar: "No passado, esse padre fazia parte de uma Ordem Hermética dentro da Igreja Católica, que se reunia para estudar o *Corpus Hermeticum* entre outros textos místicos da antiguidade atribuídos a Hermes Trismegisto, um sábio que supostamente viveu no Egito, mas cuja existência era questionada. Ele queria levar esses estudos mais a fundo, realizando algumas práticas condenadas por seus colegas, o que fez com que ele fosse expulso da Ordem. Sua principal meta era provar que o corpo humano poderia produzir elementos alquímicos em determinadas condições, inclusive geográficas. Por exemplo, ele acreditava que poderíamos produzir fogo ou água apenas com uma indução de energia através das mãos, como no reiki, mas em uma escala maior e, para isso, precisaríamos de maneiras espontâneas, inclusive geográficas. E era justamente o que ele estava tentando fazer em Notre Dame, e pelo visto conseguiu". Michel estava em choque mas deixou que a avó continuasse. Ela apontou para um desenho em seu grimório, que mostrava o mapa da França com uma estrela de Davi desenhada sobre ele. "Neste desenho ele aplicou os quatro elementos alquímicos e suas qualidades sobre o mapa da França. Na ponta superior está o elemento fogo, exatamente onde está localizada Paris. Abaixo está o elemento água em Perpignan, a Leste, terra em Lyon e a Oeste, Angoulême. O plano dele era ir a cada uma das principais catedrais dessas cidades a fim de conjurar os quatro elementos, usando o ritual menor do pentagrama da Golden Dawn, que ele adaptou para pôr seus planos em prática. Mas pelo visto deu tudo errado já na primeira tentativa. Provavelmente ele perdeu o controle das chamas e deu no que deu. Tem tudo anotado aqui em seu diário, todos os experimentos, os estudos que ele fez antes de elaborar o plano."

Quando Hélène terminou de falar, ele desligou o gravador. Agora ele compreendia por que não havia vestígios de combustível, ou mesmo do objeto que tinha iniciado as chamas, o próprio padre as tinha magicamente produzido. Quando jovem, Michel era fã de livros e filmes de fantasia e ficção científica, mas nem a mais inventiva das histórias que já lera chegava perto da história desse padre. Ele se encontrava agora, talvez, no momento mais delicado da sua carreira, e olha que já tinha investigado os maiores descalabros que se pode imaginar. Coçou a barba por fazer e perguntou o que a avó achava disso tudo. Hélène entregou a ele o bloco de notas, fechou os dois cadernos com cuidado, tirou os óculos de leitura e disse que tinha certeza de que essa investigação não iria adiante, e que ele ficasse tranquilo porque não era por culpa dele, mas pura e simplesmente por razões políticas. "Foi assim e assim sempre será a história da Igreja Católica, repleta de segredos e mistérios...".

Já eram quase oito da manhã quando Michel disse que seria melhor ele seguir viagem em direção a Paris; precisava o quanto antes falar com François-Xavier. Arrumou as coisas no carro, pegou algo para comer na cozinha da avó, que poderia finalmente descansar depois dessa visita atribulada. Ela abraçou o neto e entregou-lhe um colar com um pingente de *triskel*, que ela tinha consagrado para sua proteção, aconselhando-o a cumprir os rituais de limpeza e energização dos seus amuletos regularmente, como ela o tinha ensinado. Ele agradeceu por tudo, dizendo que voltaria em breve. "Eu sei", respondeu Hélène com um sorriso sereno.

19

Eu achei que teria um pouco de paz depois que bloqueasse o número de Fernando, mas ele continuou tentando contato comigo de várias outras maneiras: ligava para a editora, para Victor, para minha mãe. E também pediu para que sua mãe e suas tias entrassem em contato comigo. Mas eu continuava firme, sem querer ter notícias dele.

Na primeira semana após o ocorrido, não saí de casa; não queria que ninguém me visse naquele estado. E sequer cogitei a possibilidade de ir até a delegacia para denunciar a agressão. Acho que esse é o grande trunfo dos homens que cometem violência contra suas companheiras. Eu estava tão envergonhada que não tinha coragem de contar a ninguém, ou mesmo de denunciá-lo. E assim ele permaneceria impune, penal e socialmente. Pelo que a moça da pousada disse, não era um caso isolado, e provavelmente a outra, ou as outras vítimas, também não tiveram coragem para bater de frente com ele ou preferiram ocultar a própria humilhação. E assim, Fernando, e tantos outros homens, permaneciam impunes, com suas vidas e carreiras intactas, enquanto as vítimas entravam em uma onda de medo e autodestruição.

Quando meu olho finalmente desinchou e pude retomar minha rotina, saía de casa com medo. Tinha receio de que Fernando estivesse me espreitando, que tentasse me abordar na rua, no trabalho, ou até mesmo em casa, já que eu não respondia às suas tentativas de comunicação. Comecei a ter crises de ansiedade e pânico. Não conseguia sequer andar de elevador, por me sentir sufocada; subia os cinco andares de escada diariamente até o apartamento. Mas eu fazia de tudo para disfarçar meus comportamentos estranhos, não queria que ninguém me perguntasse o que estava acontecendo. As pessoas mais próximas sabiam que eu tinha terminado o noivado, mas ninguém sabia o motivo real, achavam que era porque eu não concordava em me mudar para Brasília, ou ainda por conta do envolvimento do escritório de Fernando com o deputado corrupto. Eu preferia que todos pensassem isso mesmo, em vez de me verem como a coitada que tomou uma surra do noivo. Era assim que eu me via: uma coitada que se deixou iludir, que foi ingênua o suficiente para acreditar em um homem rico, só porque ele parecia bacana, descolado, diferente dos outros playboys do seu entorno que só pensavam em dinheiro; Fernando gostava da natureza, doava dinheiro para ONGs, salvava animais atropelados na estrada. Esses são os piores, porque a gente sempre cai no papo furado de que eles são sensíveis e não vão nos fazer mal. Tolice. Não vou dizer que todos os homens são capazes de fazer mal a uma mulher, mas vocês são todos criados assim, para se acharem superiores, mais fortes, mais inteligentes e nos enxergarem como suas subordinadas. E quando se dão conta desse poder, caem na tentação de testar seus limites, de pôr esse poder à prova. Você fez isso, Arthur, quando não pensou duas vezes antes de me abandonar cheia de sonhos e expectativas, Fernando fez isso ao me agredir física e psicologicamente e todos os dias vários outros homens agridem, estupraram, matam suas filhas, amigas, esposas, namoradas, até suas mães... "It's a man's man's world".

Foi Victor, que me conhecia melhor do que todo mundo, quem primeiramente estranhou minha mudança de comportamento. Um dia, quando estávamos trabalhando, ele me perguntou o que estava acontecendo. Era muito ruim esconder as coisas do meu melhor amigo. Eu queria ter dividido tudo com ele, queria ter recebido seu apoio incondicional, chorado em seu colo. Mas não tive coragem. Eu via sua preocupação e sua desconfiança e aquilo me doía. Mas eu não queria me expor. Quando deu a hora de ir embora, Victor perguntou se eu queria fazer algo, tomar uma bebida, afinal era sexta-feira. Eu disse que não estava muito animada, que tinha coisas para ler no fim de semana, mas que poderia adiantar naquela noite para podermos fazer alguma coisa no sábado. Victor disse que iria então encontrar um rapaz com quem estava conversando e que provavelmente dormiria na casa dele. Me senti culpada porque estava tão imersa nos meus problemas, que nem sabia o que estava se passando na vida amorosa do meu melhor amigo. Pedi desculpas sinceras por isso, e ele disse que eu não tinha que me preocupar, que só queria me ver bem. Desliguei meu computador, desejei boa sorte no encontro e disse que queria saber tudo no dia seguinte.

Quando desci do prédio da editora, quase fui para o ponto de ônibus, mesmo tendo ido de carro para o trabalho naquele dia. Tinha comparado o meu primeiro carro há pouco tempo e ainda estava desacostumada. Voltei para o estacionamento e dei de cara com Fernando na porta do edifício. Tentei desviar dele e entrar na garagem, onde ele não poderia ir porque não tinha a credencial, mas ele me alcançou. Disse que precisava conversar comigo, que não aguentava viver sem mim, e pediu desculpas por todo o mal que tinha feito e que, mesmo que eu não quisesse perdoá-lo, ele precisava falar tudo que tinha engasgado dentro dele. Eu não queria que ninguém presenciasse um escândalo no meio da rua, ainda mais na porta do meu trabalho, então propus que nos encontrássemos no meu apartamento para conversarmos em paz. Ele perguntou se podia ir no meu carro porque tinha ido de táxi até ali. Concordei e fui buscar o carro no estacionamento; em seguida, busquei-o na porta da garagem e fomos para minha casa.

***

No início da conversa Fernando parecia realmente tranquilo, como se precisasse apenas desabafar os sentimentos que ainda tomavam conta dele. Estávamos na cozinha enquanto eu preparava algo para comer, imaginava que jantaríamos juntos e depois chegaríamos a um acordo amigável e ele seguiria sua vida em paz. Ele, no entanto, pensava estar, aos poucos, quebrando as minhas defesas, e que ao final da conversa eu acabaria cedendo aos seus encantos e aceitando retomar a relação. Mas, à medida que eu resistia e mostrava que estava imune ao seu charme, mais ele ia se irritando. Ele insinuava que eu já tinha outro homem, e que ele já existia em minha vida antes mesmo do nosso noivado, e que por isso eu não queria casar ou me mudar para Brasília. Disse que eu era uma pobretona que só estava com ele por conta do dinheiro e que eu nunca seria feliz com homem nenhum porque era fria como uma rocha, e que nenhum homem iria me querer desse jeito, e que era capaz até que eu fosse frígida e infértil. Ele me humilhou de todas as maneiras possíveis, como mulher, mas naquele momento eu estava imune, eu estava pouco me fodendo para o que ele dizia, só queria que ele parasse com aquela verborragia e me deixasse em paz. E acho que isso foi a gota d'água para que ele ficasse ainda mais nervoso. Tudo aconteceu muito rápido, tão rápido que minha memória falha cada vez que tento reconstituir esse momento, até porque eu apaguei logo em seguida. A última coisa de que me recordo é Fernando pegando uma faca em cima do balcão da cozinha e vindo em minha direção. Depois de desferir o primeiro golpe, acertando meu antebraço, que se ergueu instintivamente numa tentativa inútil de me proteger, ele me olhou assustado e só consegui ouvi-lo dizer "seus olhos", antes de um brilho esverdeado inundar o ambiente. Em seguida, senti meu corpo sendo puxado para trás em um solavanco violento. O braço já não doía, como se estivesse dormente; senti um ar frio tomar conta do meu corpo, até que perdi os sentidos.

20

Durante a viagem de volta de L... até Paris, Michel parou o carro apenas uma vez para abastecer, fazer suas necessidades e partir novamente. Todas as demais coisas que precisasse fazer, como atender ligações ou comer, fazia dirigindo para ganhar tempo. Precisava o quanto antes falar com François--Xavier para saber que rumo tomariam as investigações. Por sorte não teve que enfrentar nenhum engarrafamento, e chegou a Paris em tempo recorde, indo direto para a casa do chefe de polícia, a quem já tinha avisado que estava chegando e que já o aguardava por lá.

Estacionou próximo a uma paraça ao lado do prédio, um edifício antigo no 16e, onde moravam os ricos de Paris. Pegou os cadernos no porta-malas do carro, entrou no prédio, após o anfitrião ter aberto a porta pelo interfone, e subiu os seis andares de escada para não correr o risco de cruzar com nenhum vizinho. François-Xavier o esperava na porta, também bastante impaciente. Michel contou tudo o que se passara em Saint-Jean-Trolimon e com a sua avó, dos cadernos escondidos que conseguira encontrar por conta do sonho, à gravação e às anotações de Hélène. O chefe de polícia não sabia sequer como reagir a tantas informações. De repente, toda a realidade estava sendo confrontada com situações que só poderia imaginar nos filmes de fantasia. Ambos concordavam que a história fazia sentido, até porque tanto o relatório da perícia, quanto o do médico legista não chegavam a uma conclusão sobre a origem das chamas, mas eles jamais poderiam trazer tudo aquilo a público, seria uma crise sem precedentes. Precisariam pensar em como lidar com aquela bomba-relógio. Foi quando François-Xavier recebeu uma ligação do gabinete do presidente da República. Pediu licença a Michel e foi atender à chamada no quarto, embora não tivesse nada a esconder dele. Ao retornar para a sala depois de menos de cinco minutos, disse a Michel que tinha sido convocado para uma reunião no Palácio do Eliseu às 19h, em caráter oficial e confidencial. Tinha certeza de que seria para tratar do caso de Notre Dame. Preparou-se para ir e pediu que Michel o esperasse em seu apartamento, pois com certeza, na volta, teria algum plano para pôr em prática e ele era o único com quem poderia contar. Michel concordou e disse que não sairia de lá até que ele voltasse.

***

Nove horas da noite, François-Xavier estava de volta, com o semblante tenso. Michel tinha tomado a liberdade de preparar algo para comer, ao que o chefe de polícia agradeceu, pois estava morrendo de fome, e não lhe tinham oferecido nada na sede da presidência. O presidente da França tinha recebido uma mensagem privada vinda do próprio Vaticano, solicitando que esquecessem o caso e dissessem à população que uma pane elétrica tinha causado o incêndio. Estavam, inclusive, sabendo que o perito Le Goff estava em posse de um material comprometedor, o qual precisariam arrebatar. Michel empalideceu. Com certeza aquele sacristão que tomava conta da casa do padre em Trolimon tinha dado com a língua nos dentes. O chefe de polícia o tranquilizou. Disse que fizessem o que eles estavam pedindo e ficariam bem, que depois de encerrado o caso, cada um teria três meses de férias remuneradas para desanuviar e esquecer de vez daquele caso macabro. Michel sentia-se aliviado, mas também via escapar de suas mãos a oportunidade de acabar com séculos de mentiras e hipocrisias da Igreja Católica. Era muito tentador jogar a merda no ventilador, mas se eles sabiam da sua ida à Bretanha, deveriam saber de outras coisas, inclusive da sua avó, e não poderia colocar sua integridade em risco. O representante do Vaticano também tinha entregue a François-Xavier uma declaração que ele deveria ler em uma coletiva de imprensa, quando do encerramento do caso. Em questão de dias, o trabalho da equipe de peritos seria substituído pelo da equipe de restauração. "É disso que a população precisa, Michel, da esperança de que as coisas voltem a ser como eram antes, não de respostas que elas não podem compreender..."

21

Depois de dois dias, acordei no hospital e dei de cara com os meus pais. Eu não estava em coma, todos os meus sinais vitais estavam normais, segundo os médicos; eu simplesmente passei dois dias dormindo, sem maiores explicações. Demorei algumas horas para me situar sobre onde eu estava e poder lembrar o que tinha acontecido, mas eu notava uma atmosfera tensa ao meu redor, como se as pessoas encarassem uma bomba-relógio ao me ver. Primeiramente, achei que o assombro era relativo à minha condição médica, mas depois as coisas foram se encaixando, eu acabei lembrando dos meus últimos momentos antes de perder a consciência e perguntei o que tinha acontecido, onde estava Fernando, se ele tinha tentado me matar, pois eu lembrava que ele tinha uma faca.

Minha mãe pediu para que meu pai nos deixasse a sós no quarto, para que ela me contasse tudo que se sabia até então. Houve algo parecido com uma explosão, um estampido grave e seco e, em seguida, uma queda de energia no prédio, mas não havia nada indicando uma pane elétrica ou vazamento de material inflamável que justificasse a explosão; segundo os bombeiros, que chegaram ao local alguns minutos depois, eu tinha caído para um lado e Fernando para o outro, com a faca na mão, ambos desacordados. Perguntei novamente por Fernando e ela relutou em dizer, mas entendi, através de seu olhar, que ele estava morto.

Depois que acordei, ainda passei uma semana em observação no hospital. Tive que tomar um reforço da vacina antite-

tânica por conta do ferimento a faca, que tinha sido suturado enquanto eu ainda dormia, doze pontos no total, mas por sorte nenhum tendão foi atingido; mas o que preocupava de verdade a equipe médica era o meu estado psicológico. Eu não tinha chorado quando soube da morte de Fernando, não parecia reagir muito bem aos estímulos externos, eles acreditavam que eu ainda estava em estado de choque ou com algum tipo de estresse pós--traumático, por isso ainda fiquei tanto tempo em observação. Como não apresentei nenhuma crise aguda durante aquele tempo, me liberaram, sob a condição de ser acompanhada por um psiquiatra.

Victor foi me visitar assim que acordei. Eu estava preocupada com porque afinal o apartamento deveria estar fechado para perícia. Mas ele disse que eu não me preocupasse, ele estava bem, na casa de um amigo da editora, mas me preveniu que tinha sido ouvido por um investigador da polícia, que provavelmente iria me procurar. Ana, minha chefe, estava viajando, mas enviou flores através de Victor, e um cartão muito delicado, dizendo que eu poderia contar com ela para o que precisasse. Apesar da mensagem positiva, fiquei com receio do que me aguardava quando saísse do hospital. Se eu era suspeita de um crime, quais as chances de conseguir retomar minha vida como era antes? Pedi que Victor ligasse a televisão do quarto antes de sair. Ele hesitou por alguns segundos e disse que achava que não estava funcionando, sem sequer tentar apertar algum botão.

Logo após a visita do Victor, um investigador da polícia também passou para me ver e ter uma conversa informal sobre o que aconteceu no dia da morte de Fernando. Não tive problema em recebê-lo, mas tudo que eu lembrava daquele dia era muito vago. Perguntou se eu tinha sentido algum odor estranho no apartamento, de gás, ou semelhante a comida estragada, eu disse que não. Perguntou se eu possuía algum aparelho eletrônico de-

feituoso, se eu tinha costume de deixar tudo na tomada quando saía de casa e mais um monte de perguntas que faziam minha cabeça girar. Até sair o laudo da perícia e do legista, eu seria a principal suspeita.

***

Quando saí do hospital, fui para um apartamento que meus pais tinham alugado por temporada até o fim do mês. Eles expressaram o desejo de que eu fosse para Recife com eles, mas eu disse que não poderia deixar o trabalho, que eu estava finalizando um projeto importante e que seria melhor para mim retomar minha rotina normal. Eles se mostraram preocupados e resolveram ser honestos, explicando que eu estava sendo investigada pela morte de Fernando, e que tinham falado com um advogado de Recife, Lucas Machado, meu amigo de infância, e que tinha se tornado um célebre criminalista. Disseram que, àquela altura, ele já devia estar a caminho de São Paulo para que pudesse me orientar no caso. Eu disse, então, que se eu era suspeita, não poderia sair da cidade, e eles terminaram por concordar.

 Eu estava cansada, com a cabeça girando, queria apenas tomar um banho para tirar aquele cheiro de hospital e deitar em uma cama que não fosse de hospital. Todas as minhas coisas estavam no apartamento, fechado para perícia. Eu era uma sem teto, sem lar, sem nada. Minha mãe, no entanto, tinha uma pequena valise com meu telefone, que estava no bolso da calça no momento em que fui socorrida, além de algumas roupas que ela tinha comparado, por saber que eu precisaria delas quando saísse do hospital. Tomei um banho demorado enquanto meus pais foram ao supermercado comparar algo que eu gostasse para o jantar. Eu estava desejando lasanha e coca-cola. Quando saí do banho, caí na besteira de ligar a televisão, ustamente *em um canal que passava notícias de crimes da maneira mais sensacionalista possível, e, claro, o mote da semana era o 'assassinato' do filho de um fazendeiro em Goiás, "uma das famílias mais ricas do Brasil", "principal suspeita é a ex-namorada". Senti minha pressão cair na hora e sentei no sofá. No canto da tela, uma foto minha, com péssima qualidade, abraçada com o Fernando, que provavelmente eles tinham conseguido ao fazer uma captura de tela em alguma rede social. Aquele choque de realidade me fez estremecer da cabeça aos pés. Eu imaginava tudo até aquele momento, ter que me afastar do trabalho por um tempo, responder a um processo, depor diante de um delegado ou um juiz, mas nunca me passou pela cabeça que a minha vida poderia virar um espetáculo midiático de quinta categoria. Respirei fundo e finalmente compreendi porque a televisão do quarto do hospital estava sempre desligada. Deitei na cama com o telefone e aproveitei para apagar todas as minhas redes sociais. Não queria correr o risco de que algum maluco viesse me dizer besteiras. Me deparei, claro, com várias fotos em que eu e Fernando estávamos felizes e me perguntei se aquilo era verdade, se realmente um dia fomos felizes ou se eu apenas desejei muito acreditar nessa felicidade. Pela primeira vez chorei sua morte.*

***

Na semana seguinte à minha saída do hospital, quando terminou meu atestado médico, fui até a editora. Ana tinha preparado uma pequena surpresa para o meu retorno, com salgados e doces de festa, refrigerante e um cartaz de boas-vindas. Me senti acolhida, o que me deixou feliz. Pedi aos meus colegas, porém, que me tratassem normalmente no dia a dia, sem cuidados especiais ou olhares de piedade. Eles prometeram, em tom jocoso, se esforçar ao máximo. Depois da festinha, Ana me chamou em seu escritório e me pediu para que eu trabalhasse em home office pelo menos até o fim do julgamento. Além de querer me preservar da opinião pública, já que meu rosto estava estampado em várias mídias e não sabíamos qual seria a reação das pessoas nas ruas caso me vissem, ela achava que eu ficaria mais descansada e me recuperaria melhor em casa. Fiquei um pouco chateada porque adorava o ambiente da editora, mas concordei que seria melhor assim.

Não demorou muito, recebi uma notificação para prestar um depoimento na delegacia de homicídios, visto que o caso estava sendo tratado como tal. Eu e Lucas nos reunimos para ele me preparar para falar com o delegado, mas por mais que ele tentasse me acalmar, eu não entendia uma vírgula do que dizia. Eu conseguia apenas me imaginar saindo de lá algemada, policiais me empurrando para dentro de uma viatura e me levando diretamente para o presídio. Eu sequer sabia o que eu tinha feito, muito menos o que viria pela frente. Ainda bem que depois de ver Lucas, fui direto a uma consulta com o psiquiatra, que aumentou minha dose de ansiolíticos. Eu mal conseguia comer e dormir, o que ele percebeu assim que atravessei a porta do consultório.

Após a consulta, voltei para casa e recebi uma ligação de Lucas. Ele falava em processar as mídias que veiculavam notícias falsas a meu respeito, ainda mais que ele percebeu que a grande maioria delas pertencia ao grupo midiático do padrinho de Fernando. Me pediu para reunir todas as provas possíveis: meus diplomas, contrato de trabalho, conversas com Fernando e testemunhas, inclusive perguntou se eu tinha testemunhas das agressões. As únicas eram a moça da pousada, e o motorista que me levou a Brasília naquele dia, e ele ficou de contatá-los, não seria difícil encontrar o número de telefone da pousada na internet. A perspectiva de receber um bom dinheiro depois de ter visto minha reputação na lama, me animava, ainda mais que poderia ser a quantia que eu e Victor precisávamos para comparar um imóvel e finalmente montar o nosso negócio, a nossa residência artística com a qual tanto sonhamos. Mas não na Chapada dos Veadeiros, claro. Ocupar minha cabeça com a organização dos documentos e com os sonhos que eu poderia finalmente realizar me fez pensar menos na audiência que se aproximava.

***

Eu tinha decidido parar de me esconder das notícias; me sentia mais forte pelo fato de poder processá-los em breve. E, à medida que a audiência se aproximava, percebi que os ataques se intensificavam. Nunca me senti tão exposta em toda a minha vida. Acho que eu me sentiria mais à vontade ficando nua em paraça pública do que vendo meu nome associado às mais terríveis infâmias daquela maneira. Alguns jornais sensacionalistas chegaram a afirmar que eu era prostituta e queria dar o golpe em Fernando e sua família, e que o teria matado por ele ter descoberto meu plano. Mas em breve eu iria falar diante do delegado e, quanto mais nervosa eu estivesse, melhor para o outro lado, então eu respirava fundo a cada nova tentativa de me desestabilizarem.

Ao mesmo tempo, eu estava nervosa com o depoimento; era muito estranha a sensação de ter o meu destino nas mãos de um único homem, que sequer me conhecia. Em uma sociedade patriarcal como a nossa, era difícil acreditar que este homem seria imparcial em seu julgamento sobre mim. Os homens possuem uma espécie de pacto velado entre si. Eles se protegem, se apoiam, defendem uns aos outros, ainda mais em se tratando de homens poderosos como os grandes empresários, juízes e políticos. Quando qualquer um deles está em perigo, todos se levantam em sua defesa. E nós, mulheres, infelizmente somos educadas para desconfiar umas das outras, para sermos eternas rivais, enquanto os homens são príncipes provedores e protetores. Mas quem nos protege deles?

***

Acho que aquele foi um dos momentos mais difíceis que já vivi. Na entrada da delegacia, onde cheguei acompanhada de Lucas e dos meus pais, pude ver que alguns fotógrafos se acotovelavam para encontrar o melhor ângulo. Não lembro o que eu pensava naquele momento, mas lembro o que sentia. Estava tonta por causa do barulho, do vozerio, dos cliques das câmeras, das luzes dos flashes. Lucas tentava me cobrir com seu corpo, mas eu estava de cabeça erguida, a despeito de tudo que se passava dentro de mim. A única certeza que eu tinha era da minha inocência. E foi o que me deu forças para enfrentar aquela situação, pela qual eu jamais imaginei passar.

(paragrafo) Não sei exatamente quantas horas passei na delegacia, numa sala pequena cheirando a cigarro apesar do aviso de «proibido fumar». As perguntas do delegado pareciam andar em círculos em volta da minha cabeça, volta e meia ele retomava um assunto que já tinha sido encerrado horas atrás, talvez numa tentativa de me pegar em contradição. A luz vermelha do gravador registrava estes movimentos. Fico pensando a quem fica o encargo de ouvir as gravações.

Quando saí de lá, o dia já dava lugar ao ocaso. Lembro que meus pais me abraçaram, assim como Lucas. Mas eu contemplava apenas aquele horizonte que se abria diante de mim. O delegado, depois de muitas voltas e de esgotar até as minhas últimas forças, me disse que a autópsia e os laudos da perícia constataram que não houve crime. Fernando tinha morrido de um ataque cardíaco fulminante. Nenhuma marca em seu corpo, nada que pudesse me incriminar.

Não fiquei feliz nem aliviada com suas palavras. Eu sei que sua morte não tinha sido uma coincidência tanto quanto eu sabia que não tinha sido eu a autora do crime. Mas algumas verdades existem apenas para que sejam vistas de soslaio. Algumas verdades se contentam em ser mistério e talvez, por isso, eu não veja outra alternativa na vida senão ter algum tipo de fé, por menos ortodoxa que ela seja.

22

Três meses de férias era tudo que Michel não precisava naquele momento. Desde criança, era do tipo que se entediava facilmente e, por isso, estava sempre em busca de grandes emoções. Aos cinco anos já tinha tomado pontos, pelo menos, no queixo e na testa. Aos nove, teve uma fratura exposta andando de skate; continuou andando de skate até os quinze. Aos vinte resolveu que seria perito criminal, afinal era um de sua turma da policia que não se incomodava com um pouco de sangue, tripas e massa encefálica espalhados em uma cena de crime. Mas agora teria três longos meses sem nada para fazer, graças ao Papa e ao Presidente da República. Ele estava apenas fazendo seu trabalho como investigador e era punido por isso. Pelo menos era esse seu ponto de vista. François-Xavier enxergava as férias como um prêmio, e estava sabendo muito bem aproveitá-las em um chalé alugado na Côte d'Azur, de onde voltaria contente, barrigudo e bronzeado.

Mas Michel ainda não sabia o que fazer com seu tempo livre, então bebia. Em oito anos de profissão, era a primeira vez que ficaria tanto tempo sem trabalhar, o que para ele era horrível, pois adorava seu emprego, por mais estressante que fosse. Até quando esteve internado por "problemas de saúde mental", passou apenas trinta dias e retomou o trabalho assim que saiu da clínica. Então bebia, todos os dias, enquanto assistia a jogos de futebol de times brasileiros na televisão, já que os campeonatos europeus estavam de férias. Gostava do Botafogo e do Santos, times com escudo e camisa em preto e branco, como a Gwenn ha du, a bandeira bretã. Passou a frequentar um bar perto de casa, onde todas as quintas-feiras havia concertos de jazz, mas eram normalmente músicos iniciantes, e ele gostava de vê-los improvisando de maneira tão amadora, porque nenhum show era igual ao outro. Além disso, eles tinham promoção, então tomava dois chopes pelo preço de um, e voltava para casa trocando as pernas. Numa dessas noites percebeu que uma das garçonetes do bar morava no mesmo prédio que ele. Ele a tinha achado bonita, mas ela sempre estava com uma cara de poucos amigos e, por isso, nunca tentou conversar com ela. Mas talvez se dessem bem, normalmente as pessoas solitárias se entendem, justamente porque respeitam o espaço do outro, por conhecerem suas necessidades. Um dia, talvez, criasse coragem de falar com ela. Naquele momento, tinha mesmo preguiça de se comunicar com outros seres humanos.

23

Achei que, depois de decretada a minha inocência, os ataques a mim cessariam na imprensa mas, em vez disso, se intensificaram. Acho que eles partiam do princípio que, se não puderam fazer justiça pelos meios legais, iriam fazer de tudo para destruir a pessoa que tirou-lhes o filho único. Mas agora os ataques se dirigiam também ao sistema judiciário "contaminado pelas ideologias de esquerda".

Agora que o meu processo estava encerrado, Lucas poderia entrar com os dois pés na porta da imprensa que estava me difamando. Ele renovou o aluguel do apartamento onde estava hospedado em São Paulo, onde montou um verdadeiro gabinete de guerra contra a empresa do padrinho de Fernando. Pediu que um dos estagiários do seu escritório viesse de Recife para poder ajudá-lo a preparar a petição com todas as provas possíveis, construindo então um dossiê com mais de quinhentas páginas.

Enquanto isso, eu tentava retomar a minha vida normalmente. Eu e Victor finalmente pudemos voltar para o apartamento após o fim da perícia. Achei que encontraria tudo revirado e fora do lugar, mas apenas a cozinha estava diferente do que tínhamos deixado, o restante dos cômodos estava exatamente da mesma maneira que antes, com algumas camadas a mais de poeira. Aproveitamos o feriado para fazermos uma faxina pesada e, enquanto limpávamos, eu o atualizava das novidades. Falei sobre o processo contra o padrinho de Fernando e ele disse que era isso mesmo que eu deveria fazer. Contei que, caso eu ganhasse o processo, iria usar o dinheiro para construirmos nossa residência artística, como sempre sonhamos. Victor ficou super feliz, mas perguntou onde poderíamos montar nosso negócio, se a Chapada, em sua opinião, estava descartada. Concordei com ele e disse que poderíamos pesquisar, não faltavam lugares paradisíacos com grandes e belas casas à venda no Brasil.

Eu estava muito feliz por finalmente ter de volta a vida que eu tinha antes, por finalmente retomar o trabalho presencial, por poder encarar os portais de notícia de que eles estavam errados e que não conseguiriam me destruir. Claro que eu ainda estava chocada e triste com a morte do Fernando, mas estaria mentindo se dissesse que isso me doía mais do que a perspectiva de perder minha própria liberdade, ou de ver meu nome sendo associado às piores qualidades em matérias de internet. Mas enquanto estava ali, conversando com meu melhor amigo, planejando nosso futuro e a realização dos nossos sonhos, Fernando me parecia um assunto de uma outra vida, perdido no tempo e no espaço.

***

Alguns meses depois de Lucas ter entrado com o processo contra o padrinho de Fernando, ou melhor, contra suas empresas, recebi uma intimação para a audiência. Lucas veio correndo para São Paulo a fim de me orientar; disse que, nesse primeiro momento, eles provavelmente tentariam negociar, e que eu deveria estar pronta para a barganha. Eu estava ciente do quanto aquela gente era poderosa e perigosa, então seria ainda melhor se conseguíssemos negociar uma boa indenização, além de alguns termos legais que os impedissem de utilizar minha imagem ou meu nome em qualquer uma de suas mídias. Lucas estava esperançoso. Devido à dimensão das injúrias contra mim, que tinham atingido nível nacional, a indenização estipulada por ele chegava à casa dos milhões. Claro que não esperávamos ganhar tudo, mas qualquer trocado serviria se viesse acompanhado da minha paz.

24

A audiência de instrução foi rápida. Os advogados do padrinho de Fernando eram raposas velhas e já chegaram com uma proposta única, sem abertura para negociação: quinhentos mil mais a promessa por escrito, de que nenhum veículo de mídia pertencente àquele grupo publicaria notícias, notas ou mencionaria meu nome, ou usaria minha imagem, em qualquer uma das suas plataformas, digitais ou impressas. Além disso, se qualquer funcionário ou pessoa vinculada à família publicasse qualquer coisa sobre mim em suas contas de redes sociais, particulares ou profissionais, o acordo também seria quebrado.

Lucas leu o documento com atenção e disse que era um excelente acordo, me orientando a aceitá-lo e acabar de vez com isso. Ao sair da sala de audiência, telefonei para Victor e disse que deveríamos sair para comemorar naquela noite. Deixei Lucas em seu flat alugado e perguntei se ele queria jantar conosco, mas ele disse que voltaria para Recife dentro de algumas horas e que esperava não me ver tão cedo. Eu ri e dei um abraço nele, agradecendo por tudo que ele tinha feito por mim nos últimos tempos. Ele agradeceu pela confiança que tive nele e disse que eu precisava ir a Recife conhecer seu filho recém-nascido.

Nos despedimos e fui direto para a editora. Ana e Victor me esperavam para saber como tinha sido e eu disse que era a mais nova "semi-milionária" de São Paulo. Ana abriu uma garrafa de champanhe, que reservava para os premiados pelo Jabuti, Oceanos e afins. Aquela notícia merecia uma celebração à altura. Eu e Victor contamos a ela sobre os nossos planos de abrir uma residência artística e ela, apesar de feliz, perguntou se seria abandonada por dois de seus melhores editores. Respondi que poderia trabalhar à distância, podendo vir a São Paulo e comparecer a eventos sempre que necessário. Mas adiantei que as coisas ainda demorariam a acontecer, que precisávamos de tempo para encontrar o local ideal, que era necessário fazer uma pesquisa muito bem fundamentada e que, até la, teríamos tempo de planejar tudo. Convidei Ana para jantar comigo e com o Victor naquela noite e ela aceitou.

Fomos os últimos a sair do escritório naquela noite. Apagamos as luzes, desligamos os computadores e descemos pelo elevador até a garagem. Ana foi conosco de carro, já que tinha ido a pé naquele dia para o trabalho. Escolhemos um restaurante italiano, onde pedimos uma garrafa de vinho tinto, da qual bebi apenas uma taça porque estava dirigindo. Conversamos animadamente, a maior parte do tempo sobre trabalho. Éramos os três apaixonados por livros e pelo que fazíamos. Mesmo com todas as dificuldades, as crises do mercado e das grandes livrarias, apesar de todos os desafios de todos os dias, amávamos o nosso trabalho. Ana nos revelou, ainda, que iriam indicar o romance do Victor para o Jabuti daquele ano. Por um instante me senti mal, porque devido a todos os meus problemas pessoais, não pude acompanhar de perto o sucesso do meu amigo. Disse o que sentia e ambos me abraçaram; Victor disse que jamais me cobraria em relação a isso, que compreendia que tudo que eu vivi foi pesado demais, e que eu não teria tempo nem energia para estar cem por cento presente naquele momento para ele. Fiquei feliz por saber que ele era campeão de vendas naquele site do careca milionário. Eu estava tão radiante que, por um milésimo de segundo, cheguei a me perguntar o que poderia acontecer para acabar com aquela felicidade, ao que eu mesma respondi internamente: "nada". Nada, naquele momento, poderia abalar o estado de graça no qual eu me encontrava.

***

Arthur, você ja parou para se perguntar quanto tempo levamos para tomar uma decisão que pode mudar uma vida inteira? Você, por exemplo, em quanto tempo decidiu que deveria me abandonar, bloquear meu número e voltar a viver sua vida em paz, como era antes de mim? Menos de vinte e quatro horas com certeza, porque um dia antes da viagem estávamos juntos e não havia nenhum indício de que você pretendia abortar o nosso plano de irmos juntos para o Brasil.

Até hoje eu tento calcular quanto tempo levei para resolver ir até a farmácia da esquina, depois que me dei conta que estava com dor de cabeça após o jantar com Ana e Victor. E foram aqueles fragmentos imprecisos de tempo que me trouxeram de volta para cá. Depois de deixar Ana em casa após o jantar, reclamei da dor de cabeça, provavelmente causada pelo champanhe, e disse que tomaria um remédio assim que chegasse em casa. Victor então lembrou de ter tomado o último comprimido da cartela de paracetamol. Lembrei, então, de que tinha uma farmácia na esquina de casa que ficava aberta até meia-noite e disse que iria lá rapidinho, apenas com minhas chaves e o cartão de débito, enquanto Victor estacionaria o carro na garagem do prédio. Tinha receio de que ele fosse assaltado caso ficasse me esperando dentro do carro e também não queria que ele descesse comigo, pois ele estava cansado. Apostei ainda que eu seria tão rápida que chegaria a tempo de pegarmos o elevador juntos.

Desci do carro e fui direto ao balcão em que um funcionario organizava caixas de xarope expectorante. Pedi uma caixa de paracetamol e aproveitei para comparar uma caixa de antialérgico. Ele me deu o preço total, que eu não ouvi, porque sua fala foi bruscamente interrompida pelo barulho de uma moto que passava pela rua. Ele repetiu o valor, paguei no débito e saí andando com duas caixas de remédio, o cartão e as chaves na mão. Foi quando eu vi um princípio de tumulto no final da rua. Um carro parado com a porta aberta, como se fosse entrar na garagem; um homem que gritava com as mãos na cabeça. Quando cheguei mais perto, vi que era o meu carro, e que o homem que gritava era o porteiro do prédio onde eu morava. Meu coração temia pelo pior. Fui correndo até la e me deparei com uma cena que nunca vai sair da minha cabeça, nem que eu viva mil anos: Victor, sentado no banco do motorista, ainda preso ao cinto de segurança e a marca de um tiro na cabeça, logo acima do ouvido esquerdo.

25

Era quinta-feira e, de acordo com seus novos hábitos, Michel iria ao bar do italiano para assistir a um pocket show de jazz, enquanto tomava chope barato. Segundo mês de férias e já não aguentava mais, talvez devesse ir para L... visitar Hélène, mas não queria preocupar sua avó com seu estado mental degradado e seu crescente alcoolismo. Chegando ao bar, sentou no balcão, como normalmente fazia, sentar numa mesa sozinho parecia melancólico e chamava a atenção, e a última coisa que Michel queria era que as pessoas sentissem pena dele. No balcão ele também poderia observar melhor as pessoas e isso era algo de que ele gostava, tentar saber a história por trás de cada pessoa ali, do garçom que tinha sido abandonado pela mulher, do dono do bar, que tinha ido para a França fugido da máfia, enfim, talvez um dia escrevesse um livro de crônicas. A única coisa da qual não gostava era que a garçonete bonitinha, que morava no apartamento acima do seu, nunca estava no balcão, sempre ficava acolhendo os clientes e servindo as mesas, então ele nunca tinha a oportunidade de puxar conversa.

Naquela noite ela estava, como sempre, de cara fechada, mas dessa vez parecia haver uma razão especial, que estava sentada em uma das mesas próximas ao palco. O homem a perseguia com o olhar, como se estivesse ansioso para falar com ela, mas a moça continuava a ignorá-lo de propósito. Ele se divertia com esse jogo de gato e rato, mas cogitou a possibilidade de que ele fosse um assediador que a estivesse perseguindo, mas logo flagrou um olhar dela em direção a ele, cheia de raiva, mas ao mesmo tempo repleto de ternura e de carinho. Com certeza havia algo entre eles, mas provavelmente ele pisou na bola e agora tentava se desculpar. Ela estava com raiva, mas o amor sempre fala mais forte. Mas ela não daria o braço a torcer tão fácil a fim de que ele aprendesse a lição. Era sempre assim entre os amantes, por isso ele preferia viver só, encontrando amantes ocasionais aqui ou ali.

Durante o show, provavelmente no intervalo da garçonete, Michel notou que ambos sumiram por algum tempo e, quando voltaram, ela estava um pouco mais sorridente do que de costume. Ao final da noite, quando retornava para casa, viu que o rapaz estava do lado de fora do bar, esperando-a. Desejou que se entendessem para que pudesse ver seu sorriso com mais frequência.

26

Clara acordou tarde naquele dia. Ao seu lado, o caderno onde escrevia uma longa carta destinada ao seu ex-namorado Arthur, a quem revelava o que tinha passado nos últimos anos e o temor que sentia de que alguém atentasse contra sua vida. Olhou o relógio para ver se conseguia escrever mais um pouco, mas já estava quase na hora de ir trabalhar, e a última parte que escrevera na noite anterior lhe custara muito tempo e energia. Falava do seu amigo Victor, assassinado por engano em seu carro na noite em que comemoravam o processo que Clara tinha movido contra os jornais do tio de seu ex-noivo, Fernando, morto em seu apartamento em circunstâncias um tanto quanto misteriosas. Parecia que ela sempre deixava um rastro de destruição atrás de si. Por isso resolveu que deveria se isolar de todo mundo, sem prejudicar mais ninguém. Quem matou Victor iria acabar voltando para fazer o serviço direito. Mesmo vivendo em Paris ela ainda temia que algo lhe acontecesse, pois aquela família era muito poderosa e poderia caçá-la em qualquer parte do mundo.

Clara afastou esses pensamentos que a atormentavam diariamente e criou coragem para se levantar. Tomou um café expresso enquanto fumava um cigarro e em seguida um banho, lavou o cabelo, mas teve preguiça de fechar o sofá-cama. Dentro de algumas horas dormiria novamente. Deixou o caderno fechado em cima da escrivaninha, junto ao notebook. Tinha apenas alguns dias para entregar uma tradução que Ana tinha lhe pedido.

Desdobrada entre dois trabalhos, vivia de mau humor a maior parte do tempo. Além disso, não queria que as pessoas se aproximassem. Nunca fora alguém muito sociável e agora, muito menos. Ser simpática com os clientes já consumia muito de suas energias, preferia viver solitária escrevendo, traduzindo e trabalhando no La Traviata, o famoso bar do italiano.

Desceu para comer alguma coisa antes de ir para o trabalho. Sentou em um café, pediu um crepe de queijo e outro de caramelo salgado. Estava morrendo de fome e sabia que só poderia comer novamente perto das onze da noite, então achou melhor exagerar na refeição. Depois de devorar os crepes, tomou água e um café preto, fumou um cigarro e seguiu a pé para o bar. O expediente começou normalmente naquela noite; os clientes iam chegando aos poucos para ocupar as mesas próximas ao palco, enquanto um ou outro ia sentando no balcão do bar. Clara estava habituada à dura rotina de trabalho e se divertia observando o comportamento das pessoas. Nos demais dias, o fluxo reunia turistas e frequentadores assíduos. Mas às quintas, quando havia os pocket shows de jazz, o público costumava ser cem por cento local. Não era todo mundo que curtia jazz, muito menos daquele tipo, underground ao extremo. Um dia tinha ido ao La Gare numa segunda-feira, um dos dias em que estava de folga, e percebeu que esse tipo de música, muito diferente do som refinado de Nova Orleans, fazia sucesso entre os parisienses. E lá encontrou uma versão do mesmo público que frequentava o bar do italiano à noite, ou seja, aqueles rapazes e moças conhecidos como *Bobo Parisiens*, os *bourgeois bohèmes*, a classe média letrada que ama a *belle vie*. No horário do almoço ele funcionava como restaurante, mas à noite era o local favorito do happy hour das pessoas que moravam ou trabalhavam nas redondezas. É raro encontrar bares com boa música em Paris, então ele estava sempre lotado. Nos últimos tempos até o seu vizinho de baixo andava frequentando o jazz. Clara estranhou, porque ele parecia ser ainda mais recluso e estranho do que ela. Dava para perceber que era jovem, mas tinha um ar de velho rabugento; sempre vinha sozinho e sentava no bar; conversava apenas com o rapaz atrás do balcão, sempre frases curtas. Naquela noite ele chegou no horário habitual e sentou-se no lugar de sempre. Em alguns momentos sentiu que ele a olhava, talvez por lembrar-se de já tê-la visto nas escadas do prédio, então achou que fosse um olhar despretensioso, porém evitou olhar de volta.

Até porque aquela noite não seria tranquila como todas as outras. Por volta das oito horas, uma hora antes do show de jazz começar, Arthur, seu ex-namorado, o homem que a tinha abandonado no dia em que viajariam juntos para o Brasil, irrompeu pela porta. Ela deveria recepcioná-lo e indicar uma mesa, mas não sabia se ele estava esperando alguém e não quis perguntar. Pediu para que um de seus colegas fosse recebê-lo, dizendo que precisava ir ao banheiro. Saiu correndo em direção ao corredor; sentia seu corpo arder como se estivesse com febre, o coração acelerado, a boca seca e dificuldade para respirar. Entrou no banheiro, lavou o rosto e tentou se acalmar. Perguntou-se se ele estaria ali para vê-la, ou se teria sido mera coincidência. Queria inventar uma desculpa e ir para casa. Poderia simplesmente fugir pela janela e nunca mais voltar àquele bar. Mas logo seu colega bateu na porta para saber se estava tudo bem e dizer que o cliente que acabara de entrar perguntara por ela. Ficou preocupado achando que ela devia dinheiro e Clara riu. Estava agindo como uma idiota, precisava encarar a realidade como adulta. Não é possível que depois de tudo que já tinha passado na sua vida, ela tivesse medo de um homem covarde como Arthur. Enxugou o rosto e saiu confiante em direção à mesa onde ele estava sentado sozinho, e perguntou se ele já tinha decidido o que ia pedir, fingindo que não o tinha reconhecido. Mas Arthur tinha ido ao bar apenas para falar com Clara. Um de seus colegas de trabalho a tinha visto e reconhecido. Arthur não perdeu tempo e foi logo ver se o amigo não se enganara. E lá estava ela, diante dos seus olhos. Ele disse que tinha muitas explicações a dar, mas que ela entenderia as razões dele não ter viajado com ela naquele dia. Ela disse apenas que aquilo fodeu com sua vida, que tudo tinha dado errado, e que as coisas poderiam ter sido diferentes se eles tivessem viajado juntos. Ele perguntou a que horas ela poderia fazer um intervalo, dessa forma eles poderiam conversar do lado de fora, e pediu um chope. Arthur não conseguia prestar atenção no show, enquanto Clara tentava disfarçar, mas não se concentrava direito no trabalho. Ela ainda não sabia, mas na véspera da viagem deles para o Brasil, Arthur soube que a mãe estava com câncer. A notícia foi um baque para ele, que viu todos os seus planos irem por água abaixo. Ele não teve forças para contar a Clara, e acabou escolhendo o caminho da covardia: bloqueou seu número para não ter que dar uma notícia tão difícil para a mulher que amava. Ele já tinha tirado uma licença no trabalho para viajar para o Brasil, portanto a única coisa que precisou fazer foi mudar de rota e ir direto para L... a fim de ficar perto da mãe. Acompanhou todo o seu tratamento, voltando a Paris nove meses depois, quando ela recebeu alta. Ele sabia que não se sentiria bem deixando seu pai sozinho para cuidar da mãe doente. Eles não eram velhos, mas era sempre bom ter com quem dividir dores e responsabilidades tão grandes. Ao voltar a Paris, tentou de todas as formas encontrar Clara. Tentou desbloquear o número para enviar uma mensagem, mas há muito que ela já devia ter cancelado aquela linha. Tentou encontrar no histórico de conversas alguma coisa que indicasse um local, um endereço, mas era ela quem se ocupava dos preparativos da viagem, então ele não tinha nenhum registro. Seu antigo e-mail da universidade, o único que ele tinha, também estava inativo. Tentou buscá-la nas redes sociais, encontrar a editora onde ela trabalhava, mas não obteve nenhum resultado. Eles se tinham perdido para sempre, pelo menos era isso que ele achava. Agora, anos depois, ela estava ali, diante dele. Mal conseguia acreditar, ela não tinha mudado quase nada, exceto por uma sombra em seus olhos, uma sombra escura, de alguém que já sofreu demais.

Quando se viram na calçada, eles não sabiam o que dizer. Ele contou-lhe sobre a doença da mãe e ela disse que ele tinha sido covarde, que teria sido melhor ter dito a verdade do que deixá-la naquele silêncio, que ela aguentaria a pancada. Ele admitiu que ele não aguentaria confrontar os fatos daquela forma. Ela tinha vontade de empurrá-lo e abraçá-lo ao mesmo tempo; acendeu um cigarro. Pensou em começar a contar tudo que tinha acontecido desde que voltara para o Brasil, mas lembrou-se de que estava tudo escrito no caderno de capa vermelha. Perguntou se ele queria ir até sua casa depois do expediente porque tinha algo para ele. Ele assentiu imediatamente e voltou para sua mesa. Clara voltou para o trabalho.

À meia-noite o show acabou, os músicos começaram, eles próprios, a desmontar os instrumentos, e o público começou a pedir as contas das mesas. Arthur fez sinal de que a esperaria lá fora enquanto ela terminava. Em seguida, seu vizinho pagou a conta diretamente no bar e saiu. Enquanto recolhia os copos, Clara pensava o quanto seu sentimento por Arthur parecia que nunca tinha mudado, ao contrário dela, que era agora outra pessoa. Será que ainda haveria espaço para o amor dentro dela depois de tanto sofrimento? Depois de ter causado tanta desgraça? Ela duvidava. De qualquer forma, queria dar o diário para Arthur, seria melhor ainda entregar nas mãos dele, mesmo que o relato estivesse incompleto. Tinha sido muito pesado reviver todas aquelas memórias, principalmente a morte de Victor, e o que já tinha escrito até então era um bom testemunho de tudo que tinha vivido. Terminou de limpar as mesas e pediu ao italiano para sair um pouco mais cedo pois tinha um assunto pessoal para resolver. Ele assentiu e deu uma piscadinha, apontando com a cabeça para o belo rapaz que a aguardava lá fora. Ela sorriu e agradeceu, pegou a bolsa, guardou o avental e disse "até amanhã" para os colegas.

27

Quando percebeu que o homem que estava conversando com a garçonete ficou esperando-a do lado de fora, a curiosidade de Michel se atiçou. Tratou de pagar a conta e ir para casa antes deles, de onde poderia observar pela janela se chegariam juntos e se ele subiria. O rapaz era alto e bonito, na casa dos trinta anos e com porte de atleta. Parecia ansioso esperando a namorada. Ele não sabia por que, mas ficou feliz de ver que a garçonete emburrada amava e era amada. Ela sempre o intrigava com aquela cara fechada, mas então pareceu mais sorridente, menos embrutecida. Imaginava que ela tinha passado por grandes coisas na vida, apesar de não parece ter muito mais que trinta anos.

Ao chegar no prédio, cruzou com o novo vizinho de baixo, que lhe deu boa noite com um sotaque que não reconheceu de imediato. Havia alguma coisa estranha naquele homem. Sua atitude cordial era forçada, um sinal de que estava nervoso. Fazia menos de um mês que tinha se mudado para aquele apartamento, que estava vazio desde que a antiga pro-prietária faleceu há um ano. E agora tinha aquele homem estranho vivendo nele. Michel sabia que seus instintos nunca o alertavam à toa, e sua avó lhe ensinara a afastar o medo que sentia quando identificava algum perigo. Entrou em seu apartamento, mas não conseguiu deitar de imedia-to. Alguma coisa estava errada. Ficou olhando pela janela, esperando que o casal viesse caminhando pela rua, a fim de observá-los. Eles chegaram dez minutos depois.

Não vinham de mãos dadas, mas os sorrisos entregavam que estavam felizes em se encontrar. Entraram juntos no prédio e, dali em diante, tudo aconteceu muito rápido. Algo dizia a Michel para que pegasse a arma e subisse imediatamente ao apartamento da moça.

Vestiu o colete que continha a sua pistola, cartuchos de bala e um par de algemas, e esperou que os passos dos dois sumissem escada acima, para poder abrir a porta e segui-los discretamente. O rangido de um dos velhos degraus de madeira o fez parar, mas o casal não parecia ter ouvido. Subiu mais para poder observá-los, as escadas em espiral facilitavam o trabalho. Escutou o clique da fechadura se abrindo e, no mesmo instante, a mulher comentou, com certo estranhamento, que alguém tinha deixado um envelope sobre o carpete. Enquanto ela se abaixava, o rapaz ao seu lado abriu a porta. Ouviu-se um estampido abafado e, em seguida, o rapaz tombou para trás por conta do susto, o que fez com que Michel subisse os degraus correndo. Gritou para que o casal se abaixasse no corredor e entrou no apartamento de Clara, disparando contra o atirador. O tiro no ombro foi suficiente para que ele largasse a arma e caísse no chão gemendo. Michel chutou a arma para longe e o algemou a um dos canos do aquecedor. Perguntou o que ele fazia ali, mas o rapaz só conseguia gemer.

No corredor, Clara criou coragem para levantar a cabeça. Viu Arthur gemendo ao seu lado, caído no chão, a manga esquerda da camisa empapada de sangue. Arrastou-se um pouco a fim de olhar dentro do apartamento. Viu o homem algemado ao aquecedor. Viu o vizinho de baixo agachado ao seu lado. Estava ao telefone, provavelmente chamando a polícia. Michel dirigiu-se a ela:

"Você está envolvida com drogas?"

"Não, de jeito nenhum..."

"Bem, não precisa se explicar para mim, não agora... você sabe qual é o meu apartamento, embaixo. A porta está aberta, fique por lá até eu resolver tudo por aqui. Depois vamos ver o que podemos fazer para te tirar do perigo. Por enquanto você está segura, mas de onde saiu esse infeliz, podem sair outros."

"Certo, mas e ele?", inclinou a cabeça na direção de Arthur.

"Chamei uma ambulância. Acredito que vá ficar bem, vou tentar estancar o sangramento enquanto isso."

Michel pegou um lenço de linho no bolso. Clara precisou fazer um esforço descomunal para se levantar, mal podia controlar suas pernas. Além do tremor, sentia o peso da impotência, do cansaço, do medo. Seus olhos cruzaram-se com os de Arthur antes de descer as escadas apoiando-se no corrimão, mas eles não trocaram nenhuma palavra. Michel fazia pressão no braço esquerdo de Arthur, provocando uma dor lancinante.

Do apartamento de baixo, Clara pôde ouvir quando os sons de sirenes rasgaram o silêncio da noite. Não quis olhar pela janela; não viu quando levaram Arthur em uma maca até a ambulância, ou quando o rapaz que tentou tirar sua vida foi carregado pelos policiais, algemado. Ficou sentada no chão, abraçada às próprias pernas, a bolsa de mão cuidadosamente pousada ao seu lado. Manteve-se na mesma posição até a chegada de Michel, perto do meio-dia, sujo de sangue e com uma cara de quem não dormia há semanas.

"Você está sentada aí desde a madrugada?"

Ela apenas confirmou com a cabeça.

"Precisa descansar, seu namorado está fora de perigo, o tiro foi de raspão. O homem que atirou também está bem, mas não disse uma palavra sequer. Não sabemos quem o enviou. Então você precisa tentar me explicar o que aconteceu... você tem ideia de quem pode tê-lo enviado?"

"Sim..."

"Se não quiser falar agora, claro que não precisa, mas em algum momento você vai ter que falar, em depoimento."

"O caderno, tem tudo no caderno, em cima da minha mesa. Você tem como pegá-lo para mim?"

"Seu apartamento está isolado, é uma cena de crime. Infelizmente não posso pegar nada lá. Se você precisar de roupas, claro que vai precisar, posso comprar alguma coisa. Quer comer? Posso até te dar um remédio para te ajudar a dormir, mas só depois de comer. Você precisa comer."

"O que vai acontecer?"

"O que acontece em todo crime: perícia, investigação..."

"Você é policial?"

"Sim, mas estou de *férias*", fez o gesto de aspas com as mãos.

"Por quê?"

"Longa história..."

"Mas o que eu vou fazer? Eu não tenho mais para onde ir, eu não posso voltar para o Brasil, eu estou presa sem ter feito nada, eu fui a vítima, eu perdi o meu melhor amigo, mas ninguém entende isso..."

Clara começou a chorar e a soluçar em espasmos violentos. Michel teve vontade de abraçá-la ser inconveniente. Aquele choro parecia preso há muito tempo. Foi até a cozinha preparar um dos chás da sua avó, uma mistura de ervas calmantes. Serviu a infusão em uma caneca com um triskel, o símbolo da Bretanha que Clara conhecia bem.

"Você é bretão?"

"Sim, de L..."

Era a mesma cidade de Arthur, mas ela não comentou nada. Vendo que estava mais calma, Michel começou a falar.

"Eu não sei quem você é, o que faz aqui, mas eu sinto que você não fez nada de mau. Este vai ser um momento difícil, você vai precisar falar com a polícia, tentar explicar o que está acontecendo, mas depois que tudo isso passar, talvez você possa tirar uns dias de férias na casa da minha avó em L… Ela precisa de companhia, e você, de um lugar tranquilo e seguro. Eu tenho foto da casa dela aqui, é a única de tijolos vermelhos da região, por isso ela deu o nome de An Ti Ruz, que quer dizer 'A Casa Vermelha' em bretão."

Pegou um porta-retrato na estante, no qual se via uma bela mulher de cabelos brancos com uma criança ao seu lado, provavelmente ele próprio. Mas foi o som daquelas palavras o que mais lhe chamou a atenção. An Ti Ruz. Ela lembrou imediatamente do que tinha dito a cartomante de Alto Paraíso quando entrou em um estado de transe. Sentiu um calor no peito, mas não disse nada a Michel, talvez ele nem acreditasse nessas coisas. Terminou de tomar o chá e perguntou se poderia tomar um banho. Ele assentiu e disse que iria ao supermercado ao lado. Lavou-se rapidamente, trocou a camisa e saiu. Voltou com itens de higiene e duas mudas de roupa feminina.

Depois do banho, Clara deitou no sofá-cama de Michel, coberta do pescoço aos pés. Sentiu o corpo pesado, dolorido. Aos poucos, o sono veio como uma leve embriaguez, à qual não pôde resistir. Antes de dormir, ouviu Michel dizer que estava saindo, mas que voltaria à noite. Depois, ouviu apenas o silêncio de que tanto carecia.

28

Depois de cumprir suas obrigações junto à polícia, Clara juntou as poucas coisas que ainda lhe restavam e partiu para L... Michel a acompanhou até a estação Montparnasse. Ela tinha um pouco de receio de sair sozinha, principalmente para lugares onde havia muita gente. Ficaram vários minutos em pé no grande hall, acompanhando as telas que mostram o número da plataforma de embarque de cada trem, até que a sua fosse indicada. Antes da partida, Michel entregou-lhe um pequeno embrulho, que continha um Moleskine com o nome "Clara" gravado em letras douradas. "Eu li o seu outro caderno... talvez você queira começar uma história diferente daquela".

Ela agradeceu comovida. Deram um abraço e Clara embarcou no trem. Acomodou-se e respondeu à mensagem de Arthur, que desejava-lhe boa viagem. Não o tinha visto desde o fatídico dia. Não queria expor mais uma pessoa querida aos perigos que a sua mera presença suscitava. Algum dia teria que encontrá-lo novamente, precisavam continuar aquela conversa, suspensa de maneira tão violenta, e que se arrastava como um peso entre os dois, mas não agora. Ela precisava se reconstruir, precisava ter certeza de que estava fora de perigo antes de permitir que alguém entrasse em sua vida novamente. Guardou o telefone e ficou observando as pessoas que circulavam na estação de trem; todos tão seguros e tão conscientes de seus próprios destinos, alheios às armadilhas do caminho; andavam em linha reta, rapidamente, sem esbarrar uns nos outros. Ela se sentia uma peça fora dessa engrenagem, tropeçando o tempo inteiro nas próprias pernas. Era difícil não se sentir culpada pelo próprio destino, principalmente quando acreditava tão piamente em livre arbítrio. Mas deixou de lado esses pensamentos destrutivos quando o trem começou a se movimentar. Abriu o caderno que tinha ganhado de Michel. As páginas em branco já não a assustavam.

CARA LEITORA, CARO LEITOR

A **Cachalote** é um selo do grupo editorial **Aboio** criado em parceria com a **Lavoura Editorial**.

Lemos, selecionamos e editamos com muito cuidado e carinho cada um dos livros do nosso catálogo, buscando respeitar e favorecer o trabalho dos autores, de um lado, e entregar a vocês, leitores, uma experiência literária instigante.

Nada disso, portanto, faria sentido sem a confiança que os leitores depositam no nosso trabalho. E é por isso que convidamos vocês a fazerem cada vez mais parte do nosso oceano!

Todas as apoiadoras e apoiadores das pré-vendas da **Cachalote**:

— têm o nome impresso nos agradecimentos dos livros;
— recebem 10% de desconto para a próxima compra de qualquer título do grupo Aboio.

Conheçam nossos livros e autores pelos portais **cachalote.net** e **aboio.com.br** e siga nossos perfis nas redes sociais. Teremos prazer em dividir com vocês todos nossos projetos e novidades e, é claro, ouvir suas impressões para sempre aprendermos como melhorar!

Embarque e nade com a gente.

Cada livro é um mergulho que precisa emergir.

APOIADORAS E APOIADORES

Agradecemos às **162 pessoas** que confiaram no trabalho feito pela equipe da **Cachalote**. Sem vocês, este livro não seria o mesmo.

A todos os que escolheram mergulhar com a gente em busca de vozes diversas da literatura brasileira contemporânea, nosso abraço.

E um convite: continuem acompanhando a **Cachalote** e conheçam nosso catálogo!

Abel Neto
Adriane Figueira Batista
Alexander Hochiminh
Alexandre Morais Maia
Aline Amorim de Assis
Allan Gomes de Lorena
André Balbo
André Costa Lucena
André Gustavo de Souza
André Pimenta Mota
Andrea Sales
Andreas Chamorro
Andressa Anderson
Anthony Almeida
Antonio Pokrywiecki
Arthur Lungov
Bianca Monteiro Garcia
Bruno de Melo Cavalcanti
Caco Ishak
Caio Balaio
Caio Girão
Calebe Guerra
Camilo Gomide
Carla Guerson
Carolina Figueiredo
Cecília Garcia
Celeste Ferreira Adão
Christian Farias da Silva
Cintia Brasileiro
Claudine Delgado
Cleber da Silva Luz
Correia Aragão
Cristina Machado
Daniel Dago
Daniel Dourado
Daniel Giotti
Daniel Guinezi
Daniel Leite

Daniela Rosolen
Danilo Brandao
Denise Lucena Cavalcante
Dheyne de Souza
Diogo Mizael
Eduardo Rosal
Eduardo Valmobida
Enzo Vignone
Eugênia de Fátima
    Carreiro Guedes
Fabio Franco
Fábio José da Silva Franco
Fabio Rodrigues Schirmann
Febraro de Oliveira
Flávia Braz
Flavio Campos
Flávio Ilha
Flávio Lucas
    Cordeiro Oliva
Francesca Cricelli
Francisco Almeida
    Carrion Neto
Frederico da Cruz
    Vieira de Souza
Gabo dos livros
Gabriel Cruz Lima
Gabriel Stroka Ceballos
Gabriela Machado Scafuri
Gael Rodrigues
Giselle Bohn
Giulia Hernández Lima
Guilherme Belopede

Guilherme da Silva Braga
Gustavo Bechtold
Henrique Emanuel
Henrique Lederman
Jadson Rocha
Jailton Moreira
Jefferson Dias
Jessica Ziegler de Andrade
Jheferson Rodrigues Neves
João Antonio de Moraes
João Luís Nogueira
José Carlos Teotônio
José Roberto de Luna Filho
Júlia Gamarano
Júlia Vita
Juliana Costa Cunha
Juliana Melcop
Juliana Slatiner
Júlio César
    Bernardes Santos
Karina Aimi Okamoto
Kleire Anny Pires de Souza
Laís Araruna de Aquino
Laisa Costa
Larissa Maria Figueiredo
    de Oliveira
Larissa Marinho
Laura Redfern Navarro
Leana dos S. F. Silva
Leitor Albino
Lenice dos Santos
    Figueiredo Pereira

Leonardo Pinto Silva
Leonardo Zeine
Lolita Beretta
Lorenzo Cavalcante
Lucas Ferreira
Lucas Lazzaretti
Lucas Simões
Lucas Verzola
Luciano Cavalcante Filho
Luciano Dutra
Luis Felipe Abreu
Luis Guilherme Larizzatti
    Zacharias
Luísa Machado
Luiz Fernando Cardoso
Manoela Machado Scafuri
Marcela Roldão
Marcelo Hazan
Marco Bardelli
Marcos Vinícius Almeida
Marcos Vitor Prado
    de Góes
Maria Fernanda
    Vasconcelos
    de Almeida
Maria Inez Frota
    Porto Queiroz
Mariana Donner
Marília Nadir de
    A. Cordeiro
Marina Lourenço
Mateus Magalhães

Mateus Torres
    Penedo Naves
Matheus Picanço Nunes
Mauro Paz
Milena Martins Moura
Milena Siqueira
    Vasconcelos
Minska
Morgana Aragão
    de Queiroz Lima
Naiara Ribeiro
Natalia Timerman
Natália Zuccala
Natan Schäfer
Otto Leopoldo Winck
Pablo Rangel
Paula Azevedo e Silva
    Pais de Melo
Paula Maria
Paulo Scott
Pedro Cavalcanti Arraes
Pedro Torreão
Pietro Augusto Gubel
    Portugal
Rafael Filipe Souza da Silva
Rafael Mussolini Silvestre
Raissa Silva de Araujo Lima
Renato Victor Lira Brito
Ricardo Kaate Lima
Rodrigo Barreto
    de Menezes
Samara Belchior da Silva

Sergio Mello
Sérgio Porto
Sulamita de Lima Pereira
Telma Ferreira de Freitas
Thais Fernanda de Lorena
Thassio Gonçalves Ferreira
Thayná Facó
Thialy Oliveira Marques da Fonseca Bacelar
Tiago Moralles
Túlio Albuquerque
Valdir Marte
Weliton Silva Fonseca
Weslley Silva Ferreira
Yolanda Oliveira
Yvonne Miller

EDIÇÃO André Balbo
ASSISTENTE DE EDIÇÃO Nelson Nepomuceno
REVISÃO Marcela Roldão, Veneranda Fresconi
CAPA Luísa Machado
COMUNICAÇÃO Thayná Facó
PROJETO GRÁFICO Leopoldo Cavalcante
ORELHA Lucas Verzola

© Cachalote, 2024
Dama de Espadas © Mariana Figueiredo, 2024

Grafia atualizada segundo o Acordo Ortográfico da Língua Portuguesa de 1990, que entrou em vigor no Brasil em 2009.

Os personagens e as situações desta obra são reais apenas no universo da ficção: não se referem a pessoas e fatos concretos, e não emitem opinião sobre eles.

Dados Internacionais de Catalogação na Publicação (CIP)
Aline Graziele Benitez — Bibliotecária — CRB — 1/3129

Figueiredo, Mariana
    Dama de Espadas / Mariana Figueiredo -- 1. ed. -- São Paulo: Cachalote, 2024.

    ISBN 978-65-982871-2-2

    1. Romance brasileiro I. Título

24-200767   CDD–B869.3

Índices para catálogo sistemático:
1. Romances : Literatura brasileira

[2024]

Todos os direitos desta edição reservados à:
ABOIO EDITORA LTDA
São Paulo — SP
(11) 91580-3133
www.aboio.com.br
instagram.com/aboioeditora/
facebook.com/aboioeditora/

[Primeira edição, maio de 2024]

Esta obra foi composta em Adobe Caslon Pro.
O miolo está no papel Pólen® Natural 80g/m².
A tiragem desta edição foi de 150 exemplares.
Impressão pelas Gráficas Loyola (SP/SP)

A marca FSC® é a garantia de que a madeira utilizada na fabricação do papel deste livro provém de florestas que foram gerenciadas de maneira ambientalmente correta, socialmente justa e economicamente viável, além de outras fontes de origem controlada.